# 彼氏（仮）？

和泉　桂

幻冬舎ルチル文庫

CONTENTS ✦目次✦

彼氏（仮）？



✦カバーデザイン＝高津深春（CoCo.Deign）
✦ブックデザイン＝まるか工房

イラスト・のあ子✦

# 彼氏（仮）？

# 1

今でも思い出すのは、先輩のあの狼狽《ろうばい》した顔つきだ。

まさに挙動不審という状態で、彼はうろうろと視線をさまよわせる。

——え、マジで？　嘘《うそ》、本気で好きなわけ？

終業後の狭いオフィス。

もっとも、オフィスというほど格好いいものではない。地方都市にありがちな、小規模の会社は社員が二十数人。新卒を採ることは滅多《めった》になかった。

残業しているときに、初めて飲みに誘われた森戸伊吹《もりといぶき》が真っ赤になって「二人きりですか？」と尋ねたところ、先輩が軽口で「二人だとまずい？」と聞いてきたのだ。

「そうじゃない、ですけど……でも、その……」

「そんなに緊張するなよ。もしかして、俺のこと好きなの？」

おろおろする伊吹に、彼は冗談のつもりで発言したのだろう。

「は、はい……好き、です……すみません……」

「え、マジで？　嘘、本気で好きなわけ？」

「………………」

びっくりするほど直球で問われて小さくなった伊吹に、ショックを受けたらしい先輩は前述のとおりの正直すぎる反応を見せた。

彼が隠しごとの苦手で裏表のない性格なのは知っていたが、その戸惑いはつぶさに伝わってきて、伊吹のことをも動揺させた。

「あー、そうか……やっぱりなあ」

彼は口籠《くちご》もってから、「すみません」と繰り返す伊吹にぎこちない笑みを浮かべる。

「いいよ、謝らなくて。一応、そういうのに理解あるつもりだし。でも、俺、好きな子がいるからさ」

だから勘弁な、とつけ足されて伊吹は「はい」と小声で答えるほかなかった。

やり取りはそれだけだったけれど、猛烈にいたたまれなかった。

先輩は悪い人ではなくても、ちょっと抜けていて配慮の足りないところがある。

この日も伊吹の感情に、じつにあっさりと触れてきた。軽口のつもりで聞いてきたうえに、
残念ながら伊吹はそれを冗談と笑い飛ばせる性格ではなかった。

伊吹自身も混乱し、自棄《やけ》になっていたから認めてしまったのかもしれない。

しかも、伊吹は気づかなかったが、当時は給湯室に女子社員がいた。その場に居合わせたのは、伊吹と先輩の二人ではなかったのだ。

ともかく先輩への片思いを一度認めてしまったために、あっという間にそれが社内に広まり、誰もが知る状態になってしまった。

そのうえ父親のコネを使って入った会社なだけに、そこでの噂《うわさ》は親兄弟に伝わるのも時間の問題だった。

気にするなと言われれば言われるほどに、いたたまれなさは募る。おまけに家に帰れば母と兄に責められ、まさしく針のむしろだった。

自分はどこにも、居場所がない。

就職のため頑張ってくれた父には申し訳ないと思ったが、会社にいるのが苦しかった。

「…………」

またただ。

また、あのころの最悪な夢を見てしまった。唐突に目を覚ました伊吹は苦いため息をつく。

まだ肌寒い日もある五月だというのに、汗びっしょりだ。

告白から三か月以上経《た》つけれど、とてつもなく生々しい夢だった。

ゲイだということが先輩にばれて会社にいづらくなり、そこを辞めたのが二か月前。実家にもいられなくなったので、こうして湘南《しょうなん》に逃亡してきた。

打たれ強さを欠片《かけら》も持ち合わせていない伊吹には、実家は地獄《じごく》のようなものだ。ひょろっとして弱々しいビジュアルと合わせて、昔から気が弱くて覇気がないのだ。いつまでもくよくよしていて、みっともないとわかっていても、そう簡単に自分を変えられない。

「起きなきゃ……」

口にしてはみたものの、急いでもやることは何もない。

伊吹は緩慢に立ち上がってシンクで顔を洗い、着替えを済ませる。といっても長袖のTシャツにパンツという簡単なスタイルで、無職はこれが一番気楽だ。

とにかく、どう考えても早急に就職はしなくちゃいけない。ほかにやりたいこともなかったし、何よりも生活費に困っているからだ。

先週引っ越してきたばかりのこの狭いアパートの一室にもやっと慣れてきて、徒歩十五分のコンビニエンスストア、郵便局、スーパーとドラッグストアの位置は把握した。

あとは職探しだが、現状ではこれが最難関だった。

昔よりは求人状況が好転したとはいえ、伊吹のようなそれこそ手に職すらなくコミュニケーション能力が微妙な人間には別だ。

スキルというものの重要性を、社会人三年目にしてようやく知った。

伊吹はWordとExcelを使える程度だし、営業をするには人づき合いが決定的に不得手だ。そのあたりを面接で見抜かれてしまい、お決まりの断りをもらうのが常だった。

地元では再就職を諦《あきら》め、そうして辿《たど》り着いたのが、この湘南の地だ。

六畳一間の部屋は一応はフローリングで、色褪《いろあ》せた花柄の壁紙が貼られている。北向きの窓には前の住人が残した、くすんだ水玉模様のカーテン。

伊吹が購入したのは格安だった液晶テレビと、折りたたみ式のローテーブル、それから一週間でへたってしまった座布団だ。もちろん、布団を敷くときにはテーブルを片づけなくてはいけないが、一人で暮らしていくには問題がない。ユニットバスでなくて、トイレと浴室がセパレートなのも有り難かった。

この光景にまだ見慣れてないのは、引っ越してきて一週間と経っていないせいだろう。

外からくぐもった声とともにドアを叩《たた》かれて、慌てて「はあい」と気の抜けた返事をして出ていく。

「伊吹くん」

ドアの外では、このアパートの管理人で伯父《おじ》の横倉《よこくら》がにこにこと笑いながら立っていた。

伯父の背後に広がるのは、新緑が見事な山だ。引っ越してきたとき、あと一か月早ければ山桜が綺麗《きれい》だったのにと、彼はとても残念がった。

住宅地が山のすぐ麓《ふもと》まで広がっているので、このあたりは十分も行けばハイキングコースに突入するそうだ。おかげで環境はいいうえに静かだが、どこかうら淋《さび》しく、周辺には商店というものは存在しない。突然喉《のど》が渇いたときなど、水道水を飲むか自販機に行くか、諦《あきら》めて最寄りのコンビニへ行くかしか選択肢がなかった。

そんな辺鄙《へんぴ》な土地でアパート経営をする横倉は、母方の伯父にあたる。彼は伊吹に昔から好意的で、家にいづらくなったときに真っ先に相談した唯一の存在だ。

躰《からだ》を壊して会社を早期退職した横倉は、退職金でこの周囲の土地を買い、悠々自適の生活を送っている。彼が伊吹をこのアパートの空き部屋に住まわせてくれたのだ。

東京都心からJR線で約一時間のところにあるこの湘南の街は風光明媚《めいび》、観光地としても知られている。とはいえ都内への通勤には不便だし、あからさまに観光地であるこの町は、大型のスーパーもないし、しょっちゅう渋滞ばかり発生している。

特に、伯父のアパートはそういう中心地からは少し離れた山側にあり、湿気が強くて地味であまり人気もない。

そのため、春先なのにそれなりに安いこのアパートも空室があったそうだ。

相場だったら五万円前後の賃貸料なのに、それを光熱費込みで一万五千円にまで負けてくれたのだから、本当に有り難い。むろん、敷金礼金ともにただだというのは破格の厚遇だ。

早くまともに就職して、家賃を支払えるようにならないといけない。

「これ、よかったら食べなさい」

がさりと音を立てて、茶色い紙袋を手渡される。

「あ、あの」

さすがに申し訳なく、値段を聞こうとしたのに、伯父が機先を制した。

「昨日、パン屋さんが売れ残りをくれたんだ」

「ありがとうございます」

明らかに嘘だろうと思いつつも、今はその厚意を有り難く受け取ることにした。

最初の二日は夕食に招待してくれたけれど、伊吹が引っ越しの荷物を全部開封したと悟ると、伯父はこうして差し入れをしてくれる程度に留《とど》めた。

そのあたりの適度なドライさが、ウェットな人間関係で構成される北陸の町で生まれ育った伊吹には意外だった。

もっとも、伯父に言わせると、この地域は濃密な人間関係が残っているほうらしい。

これで濃密なんて、東京の人たちはどういう暮らしをしているんだろう？

留学していた一年を除くと生まれたときからほぼずっと実家暮らしで、大学も就職も地元だった伊吹には信じられなかった。

古くから家々が立ち並ぶこの一帯は楓《かえで》が谷《やつ》という地域で、秋などは紅葉の名所だと聞く。伊吹はまだ見たことはないが、その時期になると観光客で溢《あふ》れるらしい。

ちなみに、この地方では谷のことを「谷《やつ》」もしくは「谷戸《やと》」という。山が多い地形上、谷が多く、あちこちに谷のつく地名があるのだという。それもまた、北陸育ちの伊吹には新鮮だった。

「仕事は決まりそうかい？」

趣味の農業のせいで伯父は赤銅色に日焼けしており、笑うと目尻《めじり》の皺《しわ》のあいだに目が埋もれてしまう。短く刈り上げた髪は真っ白で、元会社員ではなくて職人のようにも見えた。

「ハローワークに行ってるんだけど、まだです。繋《つな》ぎに、何か家でできる仕事が見つかればいいんですけど……」

「そうかい。そこのコンビニで夜間バイトを募集してたなあ。……でも、伊吹くんは可愛《かわい》いからやめたほうがいいな」

「……舐《な》められるってことですか？」

苦笑した伊吹が尋ねると、伯父は「まあ、そうかもねえ」と言葉を濁す。

実年齢より若く見えるのは、正直言って慣れているので気にしていない。

身長はぎりぎり一七〇センチなので決して小柄なわけではないが、大きな目が特徴的な顔つきのせいか、はたまたいつも長Tにコットンパンツという適当な服装をしているせいか、二十四歳なのに特に伯父の年代の人々からはとても幼く見えるらしい。

だが、伯父から可愛いと言われるのは、それを売りにして生きているわけではないので複雑だ。

「ほかに何か探す手はないのかい」

「それは……」

もちろんインターネットが最有力な手段だが、この古い木造アパートだと個人で加入しなくてはいけない。ノートパソコンは持っているものの、ガラケーではテザリングできない。退職前にスマートフォンに買い換えておけばよかったのだが、伊吹は未《いま》だにガラケー使用者だ。今からスマホに買い換えるには先立つものがないし、わずかな貯金はできるだけ崩《くず》したくない。

そう考えると、スマホに買い換えてネットができるようにするのも気が引けた。

だが、ネットくらいできないと調べ物もできないし――ジレンマだ。

「ここじゃあインターネットもできないから、仕事にもならないかもしれないねえ」

「……すみません」

せめてネットができればという気持ちが、顔に書いてあっただろうか。

「いいよいいよ、気にしないで。設備がいまいちなのはぼろアパートの宿命だからね」

「でも、家賃も割り引いてもらってるし、すごく助かってます」

「畑の水やりをしてもらってるから、お互いに助け合いだな」

伯父はそう言うけれど、対価としてはとてもささやかなものだった。その程度で家賃からも数万も割り引いてくれるなんて、伯父はお人好《よ》しにもほどがある。

「伯父さん、このあたりで漫画喫茶とかネットカフェとかありませんか」

「さあ、どうかねえ。……そういうのにはめっきり疎《うと》くてね」

自分でも調べてみたが、観光地の宿命か、この近辺はおろか大きな駅の周辺に行ってもネットカフェや漫画喫茶は見つからなかった。それも当然で、伊吹だって、仮にこの近辺で店を開くならレストランかカフェにするだろう。

いざとなればＷｉ－Ｆｉを自由に使えるカフェやコーヒーショップもあるが、観光客や学生で混《こ》んでいるか、もしくは高い。いずれにしても、毎回そこに行くわけにはいかない。

「ああ、そうだ」

ふと、思い出したように伯父が視線を上げた。

「シェアハウスでなくって、シェアオフィスだっけ？　ああいうのがあるって聞いたことがあるな」

「シェアオフィス？」

意外な単語に、思わず食いついてしまう。

シェアハウスが家を共有することであるなら、シェアオフィスは職場を共有することだ。個人が単独ではオフィスを借りるのが難しいような家賃の高い都会だけでなく、最近では地方にも増えているとニュースで見たことがある。とはいえ、こんな観光地みたいなところにもニーズがあるとは思ってもみなかった。

「そう。こんなところに珍しいと思ってねえ」

「知りませんでした。どのあたりですか？」

もう少しオフィスや工場が多い、二つ三つ横浜《よこはま》寄りの駅のあたりだろうか。

「ええと、ちょっと待ってごらん。確か、隣の野原《のはら》さんの息子さんが……」

彼はそう言いながらアパートの鉄製の階段を下りていき、十分ほどしてメモを片手に戻ってきた。

「ここだよ。野原さんの息子さんはやめてしまったらしいんだけど、いいところだって話だ」

「ありがとうございます」

伯父が書いてくれたメモ用紙には、社名と住所がぽつんと書いてある。癖の強い字で書かれたのは、『シェアオフィス湘南』というわかりやすい名前だった。

「自転車で行くといい。海寄りだからね」

土地勘がないのでおそらく最寄り駅圏内だろうということしかわからなかったが、伯父の言葉を手がかりにするならば、自転車で十五分から二十分はかかる距離だろう。

「その前に電話……」

「電話番号はわからなかったんだよ」

よくメモを見ると、住所ではなくだいたいの地名とビルの名前が書かれている。

「わかりました」

初対面の人と面と向かって話をするのは苦手だし、断られたら気が重い。

だが、就職の面接もあるのに甘えたことは言っていられない。伊吹は迷った末に、シェアオフィスへ直接向かうことにした。

燦々《さんさん》と降り注ぐ陽射《ひざ》しの中、修学旅行か遠足かの制服の集団をやり過ごしながら自転車を漕《こ》いでいく。

シェアオフィスの雰囲気がわからない以上はあまり変な格好で行ってはいけないと思い、ボタンダウンのシャツを着てきたのはよくなかった気がする。自転車を漕いでいるうちに、猛烈に暑くなってきたからだ。

海に続く大通りにある建物は、だいたいが商店か公共施設、あるいは学校だったりするので、純粋なオフィスビルというのはじつは珍しいみたいだ。

このあたりを歩いたことは、ない。大通りが海岸に続く道なのは知っていたが、ここに越してきてからというもの、海に行ったことなんて一度もないからだ。

行きすぎないように駅から南は自転車を降りて歩いているうちに、案外呆気《あっけ》なくその場所がわかった。

「ここか……」

オフィスのあるビルはごく普通の雑居ビルで、何の変哲もない。

一階はカフェ、二階は会社、三階がシェアオフィス――か。

建物の裏手に発見した自転車置き場に自転車を停《と》め、エレベータで三階まで上がった。

オフィスは白いドアで、小さなガラスが嵌《は》まっている。

だが、曇《くも》りガラスで中は見えない。

ドアには『シェアオフィス湘南』と書いた紙が貼ってあり、伊吹はかなり緊張しながらベルを鳴らした。

「はい」

「あの……森戸と言います。ええと、ここが、シェアオフィスって聞いて、それで……あの……」

いざとなるとどう言えばいいのかわからずに、伊吹はしどろもどろになった。

初対面の人は苦手で、口数はもともと多いほうではない。おかげで伊吹にとって、饒舌《じょうぜつ》な世の中は生きづらい。「口数の少ないのが最上の人」と『ヘンリー五世』に記されているのを読んだときは、そんな時代に生まれたかったと思ったものだ。

自分はきっと、生まれる時代を間違えたのだ。

「ああ、入居希望者ですか？」

インターフォン越しにざらついた声が聞こえてくる。

「そう、です。見学に来ました」

「今開けますね」

がちゃりとドアが開き、Tシャツにパンツという格好の二十代くらいの青年が顔を見せた。

彼は伊吹を見て、満面の笑みを浮かべる。

「こんにちは。僕は佐藤《さとう》って言います。このオフィスの管理を担当しています」

「森戸です」

「よろしくお願いします。どうぞ、中へ」

佐藤が一歩退いたのでその中に入ると、ありふれた外観からは信じられないくらいにスタイリッシュな空間が広がっていた。

エアコンが効き、清涼な風が伊吹の全身を包み込む。

白い壁に打ちっ放しのコンクリートの床はよくあるけれど、家具やたたずまいが何とも言えず洒落《しゃれ》ている。

入り口には無垢《むく》の木材を使ったカウンターがあり、『受付』という表示が出ている。佐藤はそこで仕事をしていたらしく、MacBookを広げたままだった。

よけいなものがないフロアには五角形の机が五、六個並んでいる。椅子《いす》はちゃんとしたオフィス用のハイバックチェアで、座り心地もよさそうだ。少なくとも、アパートの卓袱台《ちゃぶだい》で作業するよりは、よほど健康的だろう。環境のよさに、思わず心が動く。

デスクには、疎《まば》らに大型のモニタやノートパソコンが置かれていた。私物だろうか、備え付けの設備だろうか。一見してもサイズやメーカーに統一性がないので、もしかしたら私物かもしれない。

二十人くらいは入れそうなオフィスに、利用者はまだ十人くらいしかいなかった。

彼らは伊吹を見て軽く目礼したが、すぐにディスプレイやノートに視線を戻す。そのドライな反応に、伊吹はわけもなくほっとした。

伊吹とかけ離れたタイプの人たちが利用しているわけではなさそうだ。

利用者の年代は、だいたい二十代から三十代というところか。

服装は皆カジュアルで、スーツ姿の人間は一人もいない。伊吹の今日の格好でさえも、かっちりした服装の部類に入りそうだ。

「先週、ちょうど窓際のいい席が一つだけ空いたんですよ」

「一つだけ？」

「そうです。基本早い者勝ちで、明日以降も内覧の予約があるので、その人が窓際に決めれば埋まっちゃいますね」

通りに面した窓際の席は、三つ。

外から見たときは気づかなかったけれど、天井が高いおかげで窓もすごく大きい。壁面はほとんど窓だといってもいい。

室内には目を細めるほどの光が降り注いでおり、これからの季節は暑い反面、気持ちはすこぶる明るくなりそうだ。

伯父のアパートもこれまで勤務していた会社も、どちらも陽当たりが悪くて心にまで影響しかけていたので、こういうぱっと明るい空間で仕事ができたら気持ちいいだろうな、という考えが浮かぶ。

初めて目にした五角形のテーブルも木目が浮き出ており、スタイリッシュなだけではない。触れてみると、木のぬくもりが伝わってくるようだった。

「そのテーブルは廃材を使っていて……」

「んあー……」

佐藤の説明を遮る場違いな声が聞こえてきて、伊吹は反射的に振り返る。

大型ディスプレイの向こうから誰かが身を起こし、大きな欠伸《あくび》をしたのだ。

「よく寝た……あれ、佐藤さん、もしかして今日内覧会⁉」

伸びをしながら目を擦《こす》った青年は急に慌てたような顔になり、佐藤と伊吹を交互に見つめている。

「いえ、飛び込みです。内覧会は明日」

「よかった……納期間違えたかと思っちゃった」

言いながら立ち上がった青年は背がすらりと高い。

顔、整ってるな……というのが第一印象だった。

茶髪はゆるい癖があり、長めなのに清潔感がある。大ぶりではっきりした目鼻立ち。中でも眦《まなじり》が少し垂れているせいで、美形なのに妙にチャーミングな印象を与えた。

シャツにはアイロンがかかっていなかったが、異国情緒さえ感じられるそのゆるさが彼の雰囲気によく合っている。

伊吹としては人の顔をじろじろ見ることは滅多にないのに、つい、相手のことを観察してしまう。彼はそんな、不思議な引力を持っていた。

青年は人懐っこい笑みを浮かべ、伊吹に真っ直《ます》ぐに目を向けた。

「野瀬《のせ》です。野瀬理央《りお》。フリーでWebデザイナーをしています」

のせりお。

爽《さわ》やかに鼓膜をくすぐる四つの音は、まるでリズムを持った音楽みたいだ。どこか外国語めいた発音で、とっさに漢字を思い浮かべることができなかった。

「ちょっとわかりづらい？　理央って、理科に中央の央だよ」

やっぱり理央というのは聞き間違えではなかったようだ。

「ちなみにニックネームじゃなくて本名。兄貴は母が名づけたから俺は父の番だったのに、ちょうど父親が海外出張していたんだ。男だったらレオ、女だったらリオにするつもりでいたら、電話を受けた祖母が性別を間違えて伝えちゃってさ」

「え……」

確かに、理央というのはどこか女性的な印象がある。

「帰ってきたらびっくりだよな」

「いいんですか？」

「いや、もうその時点で出生届、出てたし」

けろっとした理央の回答に、伊吹はつい噴き出してしまう。

どこがどうというわけではないが、彼には人の警戒心を和《やわ》らげる何かがあるようだ。

「も、森戸です。よろしくお願いします」

流れで自己紹介する羽目になり、作り笑いを浮かべた伊吹は小声で苗字《みょうじ》だけ名乗った。

「森戸さん、仕事は？」

何気ない質問に、伊吹は内心で「うっ」と思ったものの、はにかんだ笑みを浮かべてごまかすのに成功した。

ここで情けない顔をしてしまうと、雰囲気が暗くなるというのは学習済みだ。

「えっと……その……」

「やっぱり学生さん？　珍しいね。佐藤さん、ここって学割あるっけ？」

またしても若く間違えられたのかと、伊吹はがっくりと肩を落とした。

「違うんです。僕、二十四……いえ、こう見えても社会人……でした」

「でした？」

過去形で発した言葉尻を捉《とら》えられ、伊吹はとりあえず現状を説明する。

「今は無職です」

「ふうん、そっか」

理央も佐藤もさらりと流したので、伊吹のほうこそ驚いてしまう。

「あの……」

おずおず切り出す伊吹に、二人の視線が集中する。

「無職、珍しくないんですか？」

「珍しいっていうか、ここ、俺も含めてフリーランスばっかりだからね」

理央が明るく言うと、入り口にほど近い席に座っていたポニーテールの女性が「野瀬さん、無職とフリーは似て非なるものですよ」と明るく反論する。

「ごめんごめん。けど、利用料さえ払えれば無職も学生も歓迎だよ」

彼らは互いに親しいらしく、ずいぶん気安い口調だった。

そういえば、今日はシェアオフィスの説明を聞きに来たのに、かなり脱線している気がする。

「ええと……もう、理央さんが説明する？」

拗《す》ねた口振りで佐藤が言うので、理央は朗らかに両手をぱたぱたと振った。

「悪い、佐藤さん。仕事取っちゃって。どうぞ」

ちっとも悪びれていない様子だったが、邪気はなさそうなので追及はできないのだろう。

「いいですよ、もう終わりだし。森戸さん、ほかに質問はありますか？」

「あの、利用料はおいくらですか？」

「……すみません。すっかり忘れてました。こっちの座席は月一万五千円プラス税で、ほかに保証金が一万円。これは机を壊したりしなければ、退会時に返却します」

想像以上に、安い。

「こっちっていうのはどういう意味ですか？」

素朴な伊吹の問いに対して、佐藤は淀《よど》みなく答える。

「基本、席自体は固定なんだけど、奥にもっと静かなプライベート席があるんですよ。そちらはカウンター式の大きな机を、パーティションで仕切ってます。個室に近いのでちょっと高くて、月二万五千円です。でも、今、満席で」

「この席が、一万五千円……？」

光熱費やインターネットは別料金なのだろうか。

「水道光熱費と共益費込み。ネットも無料で、プリンタやファックス、コピーの代金は実費でお願いします。あ、スキャンだけなら紙もトナーも使わないんでただです」

佐藤の発言に、伊吹はますます驚いた。

いくらここが東京でないといっても、絶対に利益が出るわけがない。

いったいどういうシステムで儲《もう》けているのだろうか？

てあった。

「複合機はあれです」

さっき気づかなかったが、言われてみれば、フロアの片隅にオフィス用のコピー機が置いてあった。

「どこの席でも同じ値段なんですか？」

「このテーブル席は同じ。だから窓際は人気あるんだけど、俺の場合は窓際は眠くなって効率上がらないんだよね」

またしても理央が勝手に答えたので、佐藤が「ちょっと、こっちの仕事取らないでくださいよ」と唇を尖《とが》らせる。だが、理央はお構いなしでそのまま伊吹に話しかけてきた。

「一週間だったら、今ならお試しで三千円。お試しで使ってみたら？　職探しにも使えるし」

気圧《けお》されるように、伊吹は「はい」と頷《うなず》いていた。

「どんな仕事してみたいの？」

「できれば在宅で働きたいので、Ｗｅｂデザインとか、Ｗｅｂ系を……」

特にスキルはないものの、ほかにできそうなことが思い浮かばない。Ｗｅｂ系ならば個人でもできると知っていたので、未経験者ＯＫなところに就職してからいろいろと教わって、のちのち独立したかった。

もう、誰かと関わるのは嫌だ。

傷つけられたり、傷つけたりするのも。

独立すれば、少なくとも面倒な人間関係からは離れられるはずだ。

「なるほど。ちなみに経験は？」

「……前の会社ではチラシとかを作ってました」

どこまで経歴を教えるべきか迷いつつ、伊吹は身の上を明かした。

「じゃあ、それなりにスキルはあるんだね。Photoshopとか Illustrator はどれくらい使える？」

「そういうのは……わかりません。僕、Wordで作っていました」

地方の新聞に挟む広告だったので、そんなに凝った技術は必要なかった。

「そうか、Wordで！　いいなあ、そのチャレンジ精神」

それがあまりにも朗らかだったので、馬鹿《ばか》にされているとは到底思えない。

「それだと、Adobe のソフトは未経験？」

一頻《ひとしき》り笑ってから理央が尋ねたので、伊吹は曖昧《あいまい》に首を縦に振った。

Adobeが画像処理系のソフトを作るメーカーだというのは知っているが、使ってみたことはなかった。

「だけどこのパソコン、Photoshop Elements は入ってるから、練習だけならできるかもです」

「うん、練習にはいいね。今はクラウドでPhotoshopも Illustrator も使えるし、見通しがついてからどっちかには対応したほうがいいよ。デザインには必須のソフトだから。Ｗｅｂサイトを作るなら、Dreamweaverとかあったほうがいい。もし、デザインは苦手だったらHTMLを書くほうに回ることもできる」

半分くらいはよくわからなくて、まるで念仏や祝詞《のりと》でも聞いている気分だった。

「そうですか……」

勉強をするにもソフトを揃《そろ》えるにもお金がかかりそうで、何かと物入りだ。

立ったまま考え込んでいる伊吹の顔を、理央はじっと見つめている。

その不躾《ぶしつけ》なまでの視線に気づき、伊吹は首を傾《かし》げた。

「何ですか？」

「いや、森戸さん、可愛いなあって思って。癒《い》やし系っていうか草食っていうか……文系男子っぽいし、もてるでしょ」

「ぜ、全然！」

理央のストレートな言葉に面食らって声を上擦らせた伊吹は、真っ赤になって俯《うつむ》く。

お世辞なのか何なのかはわからないが、こんなふうに可愛いと言われたのは初めてで、とにかく困ってしまう。

「理央さん、入居希望者を口説かないでくださいよ。怖がってるでしょう」

佐藤が冗談めかして注意をしてくる。

「ごめんごめん。つい気になっちゃってさ。あ、森戸って森戸海岸の森戸？　地元の人？」

「いえ、出身は北陸です」

森戸海岸がどこかはわからないものの、伊吹にとってはまったく関係ないことは事実だった。

「へえ。方言とかないんだね。じゃあ、関東は初めて？」

「旅行でなら来たことはあるけど、基本、初めてです」

「そっか。ふつつか者ですけど、よろしくお願いします。あ、これが名刺」

理央が差し出した名刺には、有限会社ｃｌａｐ、Ｗｅｂデザイナー野瀬理央と書かれていた。

ほかには市内の住所と携帯電話の番号、メールアドレスとＵＲＬ。

「すみません、僕、名刺なくって」

「フリーランスだったら、絶対に名刺は必須だよ」

今まで穏やかだった理央の口調が、少しだけ強いものになった。

「作ろうと思ってるんですけど、肩書きがなくて、住所もアパートだし……」

「肩書きを自由に決められるのがフリーのいいところだよ。手始めは、Ｗｅｂデザイナーでいいんじゃない？　名乗ったときからそれが仕事になるし」

「はい」

気づくと伊吹は、やけに素直に理央の話を聞いていた。

「名刺、ここで作ったら？　それらしいデザインにして複合機で印刷すればいい。俺のも、ここで作ったんだ」

「これも？」

思わず伊吹は手の中の名刺を見下ろす。

ベージュの紙に黒の一色刷りだったが、文字の掠《かす》れ具合が効果的で洒落ているので、てっきりどこかでちゃんと印刷を注文したのだとばかり思っていた。

デザイン次第では、こんなものも会社の複合機で作れちゃうのか。

新たな発見だった。

「そう。やってみる？」

「はい」

とりあえずは、Wordでもいいから名刺作りにチャレンジしてみよう。

「じゃあ、明日パソコンを持っておいでよ」

「そうですね……」

歯切れの悪い返事をしつつも、伊吹はずいぶん前向きな気分になっていた。

たぶん、理央のキャラクターがそうさせるのだと思う。

このシェアオフィスを一週間借りて、名刺を作る。そして就職活動をする。

だらだらしていた無職生活に初めて指針ができたようで、伊吹の唇は自《おの》ずと綻《ほころ》んだ。

つい二か月前まで伊吹が勤務していた会社は、北陸のとある小都市の建築会社だ。

イギリスに交換留学までして大学を出たくせに、要領の悪さから案の定就職にあぶれた伊吹は、父親のコネで取引先の会社に採用してもらえた。

仕事は単調で、さほど面白いものでもなかった。そのうえ業務にちゃんとした線引きがないので、体系だって仕事を覚えられない。総務といいつつ、広報の仕事を兼ねているような有様だった。

文学部の英文学科でシェイクスピア研究をしていた伊吹にとって、チラシを作る仕事はこれまで培ってきた教養なんていらなかったし、留学の成果とも無縁だった。

とはいえ、それも仕方がない。希望どおりの就職ができなかったのは、伊吹の自己責任だったからだ。

会社にもルーチンの延長みたいで通っていたけれど、そんなつまらない職場で親しくなったのが、四つ年上の先輩だった。

きっかけは単純だ。

先輩が使う書類の翻訳を手伝ったのだ。ビジネス英語の授業も履修していたし、さすがにそれくらいは難しくはない。

それを機に先輩とよく話をするようになり、伊吹は順当に彼に惹《ひ》かれていった。

自分が同性に惹かれる性質だというのは、最初はわからなかった。女性は苦手というほどではなく、単に好みの相手に会っていないだけだと思っていたからだ。

女性に心が動かないまま、誰にも恋をしないままひとりぼっちで終わるのかなと勝手に思い込んでいた。

だからこそ、この淡い恋心に気づいたときには凄《すさ》まじい動揺を覚えた。

それと同時に、一種の歓喜を感じたのも覚えている。

自分の中でもやもやしていた感情に、やっと名前をつけられたのだ。

けれども、それを先輩に見抜かれたうえに振られてしまったのは大きな打撃だった。

会社でも一時的に噂は駆け抜けたものの、彼らはすぐに平静を装った。まるで何もなかったかのように、社内は平和を取り戻した。

けれども、その『わかっている』空気と周囲の寛容な態度が、伊吹にはたまらなく苦しかった。重荷にも感じられた。

下手《へた》に気を遣われると、かえっていたたまれない。そのうえ、噂が家族にまで届いてしまったのだ。

会社の仲間とは逆に、家族は伊吹を決して許さなかった。

「留学のせいよね。あんたのこと、好きにさせすぎたわ。みっともない。あっちで覚えたんでしょ」

何も、言い返せなかった。

イギリスでの留学生活は楽しかったが、恋はしなかった。それを弁解しても無意味だ。端《はな》から自分を信じる気持ちのない相手に、いったい何を言えるだろう?

「どうしてこんな子になってしまったのかしらねえ」

生まれなければよかった。こんな自分に育ってしまうなら、帰郷なんてせずに野垂れ死にしてしまえばよかった。

そう思ったけれど、こうして生きていて心臓が動いている以上は仕方がない。

自殺することだって、できない。

ごめんなさい。

親が愛せないようなできそこないに育ってしまって、ごめんなさい。

弟だけ留学までできたやっかみもあったのかもしれないが、兄もまた冷たかった。

「こんなところにいてもつらいだろうし、自立すれば?」

兄は公務員だったので、この狭い町のことをよく知っており、噂だって耳に入ってくるのだろう。彼が職場で嫌な思いをしているであろうことは、容易に想像がついた。

「え?」

「ここにいたってやることないだろ。俺だって、おまえが家にいるとうざいし」

「……ごめん」

「謝るくらいなら、さっさと仕事決めてどっか行けよ。いつまでも親の臑《すね》、齧《かじ》ってないでさ」

将来を悲観した伊吹は、ある日突然、何もかもが嫌になって逃げ出した。

何も言わない父から、伊吹を責め続ける母から、冷ややかで自分を常に軽蔑《けいべつ》していた兄から。

家族というものから。

許されるのとそうでないのは、どちらが楽なんだろう？

矛盾しているのはわかっていたけれど、自分には双方が息苦しかった。

会社にも家庭にも居場所を見つけられず、夢も希望もない今の伊吹には、何もない。

物理的にも心理的にも、大切なものなんて、一つもない。

いつ孤独に死んでも構わないような、つまらない空虚な人間なのだ。

## 2

試用期間のためになけなしの三千円を支払い、伊吹《いぶき》は『シェアオフィス湘南《しょうなん》』の仮利用者になった。

新しくスマホを買う余裕もないし、ネット利用できるだけでなくプリンタを使えるのも魅力的だ。気分転換にもなりそうだし、何よりも先行投資だってたまには必要だ。

入居を決めて登録に行くと、佐藤《さとう》が改めてシステムを説明してくれた。

まず、建物の作りは簡単だ。

エントランスは一箇所。非常階段に通じる非常口もあるが、普段は使われていない。

オフィスとして人々が入居して利用する、デスクが並んだフロア。男女兼用のトイレ、簡単な給湯室、そして、奥には曇りガラスの壁で仕切られたミーティングルームがある。

そのミーティングルームは入り口が二箇所にあり、たいてい開け放っている。窓も大きいし、空いてる場合は食事などに自由に使ってもいいそうで、今日もそこを借りてパソコンに向かっている人がいた。

ちなみにこのオフィスは二十四時間営業のうえに年中無休で、気が向けばいつ使ってもいい。夜間になれば受け付けを担当している佐藤は帰ってしまうが、いなくてもあまり問題がないそうだ。

特にデザイナーは夜型なので、夜通し誰かがいることも珍しくはないとのことだった。鍵《かぎ》は暗証番号方式で、毎月一度切り替わるのだという。

セキュリティのためこのシェアオフィスに住んではいけないというのが、大原則だった。確かに月一万五千円でこれだけ立地のいい場所にオフィスを得られれば、家に帰りたくなくなりそうだ。

もっとも、仮眠や昼寝ならしてもいいようで、ミーティングスペースがフローリングなのを利用して、誰かが床に座布団を敷いてしょっちゅう眠っているらしい。見学の日は、理央もそうしていたのかもしれない。

説明を聞きにいったときは理央はいなかったので、何となく心の準備をしてあった伊吹は、少し残念なような気分になったものだ。

こうして初出勤となる今日、伊吹がシェアオフィスに顔を出すと、ドア側にいたポニーテールの女性がちらっと視線を上げる。濃い茶髪は、文字どおり馬の尻尾《しっぽ》みたいだ。見学のときも顔を合わせた女性だった。

「おはようございまーす」

自分に挨拶《あいさつ》をされたとは思わず、伊吹はきょろきょろとあたりを見回す。だが、彼女の視線の先にいるのは自分だけで、慌てて「おはようございます」と言って頭を下げた。それを目にして、女性は小さく笑う。嫌みのない笑顔だった。

「初川莉子《はつがわりこ》です。私、ライターをしています」

「あ……よろしくお願いします。森戸《もりと》です」

「今日初出勤ですよね？」

「はい」

伊吹がそう答えると、あとは、沈黙だけが続く。

だめだ。

会話のキャッチボールはおろか、こんな簡単な挨拶のやめどきにさえ迷ってしまう。

この程度のコミュニケーション能力じゃ、面接で落ちまくるわけだ……。

莉子がふっと目を逸《そ》らしたので、それを合図と受け取った伊吹はぎくしゃくしながら自分の席に腰を下ろし、持ってきたノートパソコンを鞄《かばん》から取り出す。アダプターをコンセントに繋ぎ、パソコンを立ち上げた。

メールをチェックすると、個人的なものは特になく、ダイレクトメールばかりでちょっと気分がへこんでくる。

ともあれ、今は気持ちを切り替えて名刺を作ろう。名刺印刷の用紙は文具店で買ってきた。最初に手許《てもと》にあるノートを使って、おおまかなデザイン画を描いてみる。

連絡先は携帯電話の番号とメールアドレス、住所は今住んでいるアパートにした。

それから、このあいだ話題にも出たPhotoshop Elementsのアイコンをクリックした。

名刺のサイズをネットで調べて、ファイルを新規作成する。

試しにセンタリングしてみたが、何ていうのか、ありがちすぎてぱっとしない。会社で作成したお仕着せの名刺みたいだ。

これからデザイナーを志そうというのに、こんなぱっとしないデザインを描いていていいんだろうか。

そう考え込んでいると、ドアが開く気配がする。

「おはようございまーす」

さっきと同じ調子で莉子が挨拶をすると、入ってきた男性が「おはよう」と返した。

伊吹も真似《まね》をして、急いで「おはようございます」と呼びかける。

長身の男性は、理央《りお》だった。

横顔を見ても鼻筋がすっと通っていて、綺麗な顔立ちなのがよくわかる。今日の彼はTシャツにデニムで、どこか気怠《けだる》げだ。

それを皮切りに、ばらばらとメンバーが出勤してきた。

だいたいこの時間帯が皆の出勤時間なのだろうか。

「おはよ。名刺作ってるの？」

コーヒーを淹《い》れてきた理央が、明るく声をかけてきた。

「は、はい。でも、かなり微妙です」

緊張して、我ながら、みっともなくか細い声になってしまう。

「最初は気張らずにスタンダードなのでいいんじゃない？　ここのメンバーに配る用で」

配らなくちゃいけないのだろうか。

訝《いぶか》しげに首を傾げる伊吹に対し、理央は人懐っこく笑った。

「使うあてのない名刺って淋しくない？　それにもし本格的にこのオフィスを借りるなら、住所もここにしちゃっていいんだよ。プライバシーの問題で、住所を気軽に知られたくないって人もいるし」

「そう、ですよね」

伊吹はおずおずと相槌《あいづち》を打った。

確かに若い女性だったら、あまり住所をおおっぴらにしたくない人もいるだろう。

「見てもいい？」

「え、はい……どうぞ」

「シンプルだね」

「……あの、なんかこれじゃ愛想がないっていうか…普通じゃないですか？」

「だったら、ワンポイントで模様とか入れてみたら？」

「模様？」

「社章みたいなもの……って、個人だと社章はないか。好きな花とか、動物とか」

好きな動物だと子供っぽく見えてしまいそうだ。

無言で考え込む伊吹に、理央がぽんと手を叩《たた》いた。

「じゃ、こういうのは？」

理央が自分の携帯を弄って、何かを呼び出す。

スマホの画面に出てきたのは、葉っぱを文様にした素材だった。

「これ……葉っぱですか？」

どうしてこれを選んだんだろう？

「うん。伊吹だから爽やかな新緑みたいなイメージがいいかなって」

そこまで考えてくれているとは思わず、面映《おもは》ゆさが込み上げてくる。

自分の名前のイメージが理央の心にはこんな風に響いていたのかと思うと、しげしげと見つめてしまう。

「梶《かじ》の葉って八幡様では七夕に飾るんだ。どう？」

理央が気にしている様子だったので、伊吹は慌てて顔を上げた。

「いいと思います。こういうの探してみます」

「レイアウト、全部、中央寄せにするとちょっと格好悪く見えるから、少し左右に散らして変化をつけてみたら？」

「やってみます」

アドバイスをくれた理央が席に戻っていったので、伊吹は表情をきりっと引き締める。

ワンポイントの画像を配置し、それに合わせて文字の位置を調整すると、想像よりもまとまりがよくなった。伊吹はああでもないこうでもないと頭を悩ませつつも、ランチは机でパンを食べて済ませ、夕方にはそれなりに納得いく名刺を作り上げた。

「……あの」

隣席の理央に話しかけると、彼はヘッドフォンを外して伊吹を見つめた。

茶色の髪が、夕陽に透けてさらりと揺れる。

「名刺できた？」

「はい」

見せるだけのつもりだったが、理央はそれを両手で受け取り、軽く頭を下げた。

「ありがとう。格好いいね」

「そうですか？」

「初めてとは思えないよ」

理央の褒め言葉に伊吹は気をよくし、思いがけず名刺を渡してしまったことについては不問に付すことにした。

「そうだ。かな…弓場《ゆみば》くんには挨拶した？」

「いえ、まだ」

そもそも、弓場というのが誰なのかすらわからない。

理央は「そう」と言いながら、隣のテーブルで、ちょうど理央たちに背を向けて腰を下ろしている人物の肩を叩いた。いつの間にオフィスに入ってきたのか、作業に集中するあまり気づいていなかった。

往々にして、集中しすぎると周りが目に入らなくなる傾向があるのは伊吹の悪い癖だった。

「何ですか、理央さん」

声音《こわね》ほどに冷たさはないが、愛想もない。

小柄な青年が振り返り、理央と伊吹を交互に見やる。

「こっちのテーブルの仮入居者の、森戸くん」

「…弓場奏《かなで》です」

「森戸伊吹です。かなで、さんですか？」

「はい」

黒髪の青年は目がきゅっと吊《つ》り上がっていて、何となく猫っぽい。若いとは思うが、見た目では年齢不詳気味で、背格好は伊吹とそう変わらなかった。

目鼻立ちがはっきりしていて、理央と並んでも遜色《そんしょく》ないくらいの美形だ。着ているものもシャツにコットンのパンツなのに、やけにお洒落に見えた。

「個人でエディトリアルデザイナーをやってます。よろしくお願いします」

名刺を出した彼が頭を下げると、さらりとやわらかそうな髪が揺れる。

「こちらこそよろしくお願いします」

「この名刺、伊吹くんが作ったんだよ」

「いいですね。見やすいしまとまりがいい」

平板な声だったが、褒めてくれているのはわかった。

単純にもそれだけで舞い上がりかけ、伊吹は喜びに頬《ほお》を染める。どう返事をしようか迷っていたところ、奏がちらりと視線を向けた。

「もういいですか？」

全然関心がないことをあからさまに示されて狼狽えていると、理央が代わりに「うん、ありがとね」と穏やかな口調で言った。

「あのさ」

奏が自分の席に戻ったので、理央が身を屈《かが》めて伊吹に耳打ちしてくる。

息が、耳に当たってくすぐったい……。

「奏くんはツンデレだから、無愛想でも気にしないでね」

身動《みじろ》ぎ一つできないのは、その言葉の意味を考えていたからじゃない。

不意打ちの他人の体温に驚いたせいだ。

理央が伊吹の反応を訝るよりも先に、奏が「聞こえてますよ」と無表情に釘《くぎ》を刺す。

「ごめんごめん」

楽しげに笑った理央が離れたので、伊吹はそっと自分の耳に右手で触れてみる。

熱い。

それは自分のせいか、彼の体温が移ったのかわからないけれど――とにかく、熱かった。


シェアオフィス仮入居、二日目。

先週までは夏日もあったくせに、このところ気温は安定せず、朝から雨など降っていると肌寒い。昼間は暑くなるが、朝晩は冷え込むという面倒な予報だった。

コットンの薄地のパーカーを手に出勤した伊吹は、オフィスに先客がいるので誰にともなく挨拶をしてみる。

「おはようございます」

昨日は早かった莉子はおらず、代わりに奏が眠そうな顔でパソコンの画面を睨《にら》みつけているのが目に入った。その後ろには、理央の姿がある。

奏はパーカーのフードを頭から被《かぶ》っていて、もこっとした角度が猫耳のようだ。おかげで、何だかやけに幼く見えた。

「おはようございます」

奏もそう返したので、伊吹は慌てて頭を下げた。

何かほかに話しかければよかったのかと後悔したものの、奏はもう、伊吹には注意を払っていない。

何ていうのか、奏は伊吹同様にものすごくマイペースらしい。

いや、自分をマイペースだと片づけるのには抵抗がある。伊吹のそれは、社会性がないだけだという自覚くらいあった。

奏は同年代くらいに見えるのだが、いったい何歳なんだろう？

目の前にいる理央は、たぶん二一代後半だというのだけはわかる。

理央に挨拶してから席に座ってパソコンを立ち上げると、彼が「あ」と鋭い声を上げた。

「え？」

頓狂《とんきょう》な声に驚いて、伊吹はびくっと身を震わせてしまう。

「そういえば、メーリングリスト入った？」

「メーリングリストって？」

「ここの」

「まだです」

そもそも伊吹にはメールをくれるような友人は、そう多くはない。大学時代の友人には連絡をしていたが、彼とのやり取りもそう頻繁ではなかった。

どちらにしても記憶にないと伊吹がふるふると首を振ると、彼は肩を竦《すく》めた。

「そっか、仮入居なら登録はしないのかも。今日、ランチミーティングなんだ。もしかして、何か買ってきちゃった？」

「いえ、まだですけど、ランチミーティングって……？」

何やら重い響きの単語に、初心者の伊吹は怯《ひる》んでしまう。ミーティングするような用件とは、重大な規約の変更とかそういうものだろうか？

「単なるランチなんだけど、それだとかっこつかないから、ランチミーティングって名前なんだ」

理央の説明に、伊吹はわかったようなわからないような顔で頷いた。

「今日は俺の当番だから、腕によりをかけるよ」

「当番？」

「そ。有志が当番で飯を作るんだ。基本はワンコインランチ」

ワンコインというからには百円ではなくて五百円だろう。

どちらにしたって、観光客向けの店が多くて物価が高いこのあたりでは有り難い企画だった。おそらく、同じような声が多くて企画が成立したのだろう。

「すごいですね」

「だいたい五人いればとんとんになるからね。余ったらそれは制作者の取り分。料理の腕がうまいとそれなりに希望者が多くなるんで、そこそこの収入になる」

「料理、得意なんですか？」

「理央さんのご飯、美味《おい》しいよ。まさにカフェめしで」

そうコメントを挟んできたのは、ちょうど出勤したばかりの吉馬雅子《よしばまさこ》だった。昨日、建築士と自己紹介してきた雅子は髪をゴムで結わえ、仕事をする体勢を作っている。

「嬉《うれ》しいね。もともとカフェでバイトしてたから。Ｗｅｂの仕事だけじゃ食っていけなくて、今でもたまにその店を手伝ってる」

「理央さんの当番の日は人気で、お手伝いがいないと間に合わないくらいなの」

そんなにすごい料理なら食べてみたい……気がする。

「初回から俺の料理なんてラッキーだよ」

理央はわざとらしく胸を張る。

「それって、みんなに当番回ってくるんですか？」

「いや……向き不向きがあるから」

「そう……あの人のときはすごかったもんね」

雅子と理央は言いつつ、奏に視線を向けている。

「――悪かったです」

ぶすっとした顔の奏は、珍しく頬を赤らめて俯いた。

意外だ。

奏は童顔の割にクールだと思っていたけれど、こんな顔、するんだ。

それが新鮮で、伊吹はついまじまじと奏を見つめてしまう。すると彼は、ますます困ったように耳まで赤くなって口を開く。

「じろじろ、見ないでくれませんか」

「あ、ごめんなさい……」

「奏くんのときは、みんなが反省したからいいの。……ね？」

「そうそう」

理央は明るく答えた。

「お、ランチ希望者からメール入ってるな。六人、七人……サラダの材料、増やしたほうがいいか」

ディスプレイを眺めながら、理央が前髪を掻《か》き上げてぶつぶつと呟《つぶや》いている。

彼は手近にあった付箋《ふせん》紙に何かを書きつけると、それを財布に直《じか》に貼りつけた。

それから伊吹の視線に気づいたらしく、「ちょっと買い出し行ってくる」とにこりと笑った。

べつに、理央の動向を気にしたわけじゃない。

ただ、視線がそちらへ吸い寄せられてしまっていただけで……。

そう思ったけれど、わざわざ訂正するのも無粋なのでやめておいた。

やがて、理央が足取りも軽くシェアオフィスを出ていってしまう。

何気なく窓から見下ろすと、長身の理央が走りだすのが見えた。

今日は五月なのにかなり暑くなるというけれど、そんな中を、元気だよなあ……。

そのままぼんやりしているうちに、やがて理央が戻ってくる。路上で足を止めた彼は視線に気づいたのか何気なくこちらを見上げ、伊吹と目が合うと手を振ってきた。

どう反応しようか迷っているうちに、彼はオフィスに帰ってくる。

ばつが悪くなった伊吹がネット求人を眺めていくつか申し込みをしていると、次第にオフィス内ではカレーのスパイシーな匂《にお》いが漂ってきた。

「みんな、ご飯ですよ」

理央の声に、仕事を中断したメンバーがミーティングルームに次々と集まってきた。

「カレーなんていつの間に作ったんだ？」

「昨日、家で。さすがにここじゃ、本格的な調理は無理なんで。余れば持って帰りますしね」

理央はほかのメンバーとそんな会話をしている。

ホワイトボードには、『理央流グリーンカレー』と書かれており、そこには一杯五百円とあった。

「苦手じゃない人にはチャイのサービスもありまーす」

理央がそう言うと、集まってきた一同は「おおっ」とどよめいた。

初めて使うミーティングルームはだいたい十人は入れるらしい。各自が好きなところに陣取ったので、伊吹は流れで一番端に腰を下ろした。

「そうだ、伊吹くんの自己紹介していなかったね」

皿を配り終えた理央の言葉に、皆が顔を上げた。

「森戸伊吹……です。よろしくお願いします」

立ち上がった伊吹がぺこりと頭を下げると、理央が「はい、拍手」と促す。それを機に、集まっていた皆がばらばらと乾いた拍手をした。

「今、無職で、仕事を探しています」

そこに突っ込まれたら嫌だなと思ったが、誰も伊吹の前職は気にならないらしい。

びっくりするほどあっさりと、その点はスルーされた。

「これから何の仕事するの?」

「Ｗｅｂ関係とかやりたいなって……」

「スキルは何かあるの？」

女性陣から不躾な質問が飛び、伊吹はかっと頬を火照《ほて》らせた。

「あの……特に何も……」

「これから何できるか探すんだって」

理央が助け船を出してくれたのが、伊吹の情けなさに拍車をかける。

「いいなあ、夢があって」

誰かが挟んだ合いの手に、伊吹はむしろ一段とへこんだ。

夢なんて、あるわけがない。くたびれた自分の心に、その何気ない発言はぐさりと突き刺さった。

「フォロー、ありがとうございます」

しょぼんとする伊吹に、いつの間にかするっと隣に座っていた理央が「どういたしまして」と笑った。

「あと、俺には敬語じゃなくてもいいよ。それに、馴染《なじ》むまでの時間は個人差があるから、気にしないで。俺には楽なやり方で接してくれればいい」

そうしているうちに、隣席の人間がそれぞれの自己紹介を始めた。

管理人を務める佐藤は、フリーのコピーライター。知り合いに頼まれて、ここの管理をしているのだという。

ひょろっとしていかにも文系っぽい横溝は、コーダーといってWebサイトを作る役割もできるが、実際にはプログラミングの仕事のほうが多く、最近ではWebプログラマーの肩書きを使っていると教えてくれた。理央はWebデザイナーで、コーダーとデザイナーの二つは厳密には違うらしい。

ポニーテールの莉子がライターで、奏はエディトリアルデザイナー。雅子は建築士。

やはり、このシェアオフィスはクリエイターが圧倒的に多いようだ。

すでに人間関係ができあがっており、試用期間で借りているだけの伊吹は何となく浮き上がっているような気がした。

いたたまれない。

友達が欲しくてシェアオフィスに入居したわけではないけれど、それでも、ここでも一人なのだと思い知らされるのは、ひどくせつない。

カレーを食べ終えた伊吹がぽつねんとしていると、理央が「食べるの早いね」と何気なく話を振ってきた。

「あ……すみません」

「謝らなくていいよ、責めてるわけじゃないし。旨《うま》かった?」

「すごく! 辛《から》いの苦手なのに、風味がよくってあっという間に食べちゃいました」

「それは嬉しいな」

理央の距離の取り方は、不思議と絶妙だ。互いとの距離感はかなり狭いのに、決して嫌な気分にはさせない。

「誰にでも自分のペースがある。無理して人に合わせる必要はないって思ってる。シェアオフィスって、そういうものだし」

「……はい」

それで救われるほどおめでたくはないが、少しだけ、気持ちが軽くなったのは事実だった。

## 3

「よし」

プリントアウトを確認し、伊吹《いぶき》は小さく呟く。それから、独り言はほかの人に迷惑にならないだろうかと慌ててフロアを見回したが、皆、それぞれ自分の作業に没頭していて伊吹には気遣っていなかった。

こういうとき、シェアオフィスに複合機があるのは有り難い。

Ａ４の用紙をハードタイプのクリアファイルに収めると、ささやかな達成感が生じる。

名刺を作ったあとは、伯父にご近所で回覧するごみ当番表を作り直すというミッションを与えられた。

とはいえそんなものはExcelを使うまでもなく、Wordで簡単にできてしまう。

ついでにいえば、いろいろ工夫したってせいぜい半日仕事だ。

それが終わると暇になってしまい、このオフィスを借りている意味もなくなりつつある。

お試し期間は明日までなのだが、これからどうしようか。

焦りとは裏腹に、伊吹は未だに就職が決まっていなかった。

Ｗｅｂ関係の仕事はスキルがないとだめだというのが、最近よくわかってきた。未経験者でも大丈夫なのは新卒というのが常で、やはり何か技術がないとだめだ。かといってサービス業は無理だし、肉体労働系も苦手だった。

いずれにしても、こんな状況でネットに接続できなくなるのは困る。

悶々《もんもん》としつつも現実逃避に走った伊吹は、何気なく、海外の通販サイトを眺め始めた。

貧乏生活は、意外とフラストレーションが溜《た》まる。

このところ、無駄遣いはいっさいしていなかった。

見切り品の惣菜《そうざい》を買うか、伯父からの援助で済ませる食事。

雑誌はこのシェアオフィスにブックスタンドがあり、そこから借りて間に合わせていた。

当分先になるだろうが、いつか懐に余裕ができたら新しいイヤフォンを買いたい。

買い物が好きなわけではなくても、それくらい好きにできなければ息が詰まりそうだ。

実際問題、今のアパートは壁が薄すぎる。テレビはあまり見ないからいいのだけれど、音楽を聴くのも気を遣うのではストレスばかりが増加した。

――うーん。

どの店も、品質に定評のあるメーカーのものは息を呑《の》んでしまうくらいに高い。

それなら個人輸入すれば、ものによっては三割か四割くらい安くなるのではないかと期待し、更に検索を続ける。

確かに保証はなくなるが、日本で正規輸入のものを買うよりは安くなりそうだ。

とはいっても、どちらにしたって今の伊吹には手の届かない金額のものばかりだ。

そんなことをしているうちに、背後が少し騒がしくなってきた。

「奏《かなで》くんはだめなんだよね?」

「英語苦手ですもん」

「そう言わずにさ」

理央《りお》が何やら奏を口説いているらしく、話し声が聞こえてくる。

基本的にオフィスの中は私語厳禁というわけではないので、会話をするのはよくあることだ。電話をするのもOKだったし、伊吹が気を遣いすぎなのはわかっていた。

「それはもちろん、理央さんのお願いなら聞きたいですけど、できることとできないことがあって……」

理央と奏の交渉は、どうやら難航しているらしい。

こっそりそちらを見ると、奏は仕事の手を止めて理央と話し込んでいた。

奏は姿勢がいい。パソコンに向かっているときもすっと背筋が伸びていて、武道か何かやっていたのかもしれない。

奏はツンデレだと言われたけれど、今のところ、伊吹はツンなところしか見ていない。

もちろん、デレたところを披露されるほどには親しくないせいもあるのだけれど。

この仕事場でまともに話すのは、一日に数回話しかけてくる理央だけだ。

そんなことを考えつつ引き続きサイトを眺めていた伊吹の背後で、自分の席に戻る途中だった理央が「お」と足を止める気配がした。

「何、見てるの？」

「え？　ああ、これはイヤフォンです」

「イヤフォン？」

彼が首を傾げるのが、ディスプレイに映った影でわかる。

「このあいだ断線しちゃったから、お金が入ったら新しいのを買いたいなって」

あまり深いところまで知り合う必要はないのに、どうして話しかけてくるんだろう？

そう疑問に感じつつも、ほぼ毎日顔を合わせていれば、無視するわけにもいかなかった。

でも、それだけだ。

友達でも何でもなくて、ただの、仕事場が一緒というだけの相手。

だから、必要以上に気を許すつもりはなかった。

「オーディオとか、そういうの、好きなんだ？」

ここで下手な返答をしてしまえば、突っ込まれたときに恥を掻きそうだ。

「普通だと思うけど……家で大きな音出せないので。アパートだから壁が薄いんです」

「英語のサイト、よくわかるね。翻訳機能使ってないの？」

「僕、英文学科だったんです。これくらいなら、ぎりぎり読めます」

もっとも、英文学科だけでは潰《つぶ》しが利かない。特に伊吹のようにシェイクスピアを専攻するなんて、就職から最も縁遠くなる。大学院に残るほどの才能はなかったので、そのことも母や兄には気に食わなかったようだ。

――イギリスに留学なんてさせるんじゃなかった。だから男を好きになったんでしょ。

――変な病気とか持ってないでしょうね。血液検査、受けてちょうだい。

おもに母親からぶつけられた、罵詈雑言《ばりぞうごん》だ。

忘れなくちゃいけないと思うのに、頭の中に母から向けられた憎しみが満ちていきそうだ。

息が詰まる……。

「じゃあ、もしかして英文翻訳とか得意？」

理央の明るい声に、伊吹は我に返る。晴れやかな声音に、胸に立ち込めかけた嫌な感情がふっと掻き消えていた。

「得意ってほどじゃないけど、読み書きは不自由しない……かもです」

少し強気に言ってみると、理央の表情がぱっと輝いた。

「おお……！」

同時に彼は、背後からがしっと伊吹の両肩を摑《つか》む。

「わっ⁉」

思わず声が出たけれど、彼はまったく構わずに伊吹の肩を摑んだままだ。

「役立つよ、それ！」

「え？」

「超即戦力だ！」

呆然《ぼうぜん》とする伊吹と理央の昂奮《こうふん》ぶりの対比に、シェアオフィスのほかの利用者が訝しげな目を向けている。

期せずして目立ってしまい、恥ずかしさに耳やうなじが熱くなるのを感じた。

理央の体温を、Tシャツ越しに感じるのも——何もかも。

「どうしたんですか？」

「伊吹くん、英語できるんだって」

「うわ、マジ？」

食いついてきたのは、隣のテーブルの横溝《よこみぞ》だった。

横溝は難しい案件を抱えているらしい。それは、打ち合わせの電話の声が離れたこの席でも時々聞こえてくるので、何となく把握していた。

「は、はい。ちょっとですけど」

どう言えばいいのかわからずに、口籠もりつつも伊吹は答える。

「すっげー、まさに神だな」

「あの、だから……何が、ですか？」

完全に置いてけぼりにされている。

「いやさ、俺たちずっとＷｅｂショップの案件を手がけてるんだけどさ。英語サイトの文章、こっちで用意してくれって言われたんだ」

「はい」

そこまで丸投げというのはよくあることなのだろうか、と伊吹は内心で考える。

「はじめは、英文はあっちで用意するっていうから安心してたんだけど、昨日になって突然、やっぱり無理って言われたんだよ。おまけに商品名と制作したアーティストの略歴だけでなく、商品の細かい説明も英語にしてほしいって言うんだ。もちろんその分は追加料金が出るけど、予算に制約がある。急いで英文翻訳できる人だと料金面でまったく折り合わない」

そこで一息つき、横溝は続ける。

「クライアントには、それなら英文サイトは諦《あきら》めるって言われたんだけど……同じ湘南《しょうなん》のショップだから、できれば世界に発信したい。こんなにいいものがあるって。だから、できるだけ英語のサイトも同時にスタートさせたいんだ」

横溝が目をきらきらさせながら熱弁をふるうので、つい、心を動かされそうになる。

でも、素人《しろうと》同然の伊吹に安請け合いは禁物だ。

「商品説明の英文翻訳、引き受けてくれないかな？」

どうしよう。引き受けてみたいけれど、自分にできるだろうか。

「あ、もちろん、報酬と納期は相談のうえで」

迷ってしまったせいで、即答はできかねた。

「やっぱり難しい？」

「いえ、その……有り難いです。でも、僕は専攻はシェイクスピアで、商品説明なんて上手《うま》くできるかどうかわかりません」

伊吹は言い淀んだが、「その辺は勉強しながらやってよ」と横溝に強引にまとめられそうになる。

よほど切羽詰まっているのだろうか。

責任は重大だったが、横溝の縋《すが》るような目には罪悪感を刺激される。背後にいるはずの理央が何も言わないのも、かえって圧迫感があった。

助け船を求めるように身動《みじろ》ぎすると、理央はやっと口を開いた。

「保証はできないけど、ＨＴＭＬの勉強になるかもしれないよ。サイトを制作するときの作業工程もわかるし」

それが、傾きかけていた気持ちに対するだめ押しになった。

「……わかりました。やります……じゃなくて、やらせてください」

言い直したのは本気度を示すためのパフォーマンスではなく、理央の言葉に気持ちが盛り上がってきて、やれるのではないかと思えたせいだ。

「よかったー」

ほっとした様子で横溝は自分の胸に手を当てて、ふーっと息を吐いた。大袈裟《おおげさ》なものには感じられず、心底安堵《あんど》した心境が読み取れる。

それから、すぐに伊吹に向き直った。

「でさ、いつから取りかかれる？」

「いつから仕事があるんですか？」

「今から」

「……今⁉」

文字どおり、伊吹は目を丸くした。

「すみません、納期は？」

「来週中」

来週と言われても、今日は金曜日だから実質あと一週間だ。

さっきの納期は相談という言葉は何だったのか。

「あの、分量はどれくらいですか……？」

いったいどれだけの分量の英訳があるのかと、伊吹は不安を覚える。それに、英訳のレベルだってどの程度のものを求められるのか心配だ。

「メールアドレス教えてもらっていい？　商品の画像と説明のデータ送るんで」

「わかりました。これです」

手近にあったノートにメールアドレスを書き、ぴりっと破って横溝に渡す。すぐにメールがあり、びっくりするほど大量のテキストデータが送られてきた。画像は圧縮してサーバにアップロードされているらしく、それを落としてほしいという指示つきだ。

「まさか、これ……全部、ですか……？」

さすがに圧倒され、伊吹は呆然としてしまう。

商品の点数は十や二十ではない。色違いやサイズ違いのバリエーションも多いようだが、いずれにしても、初心者の伊吹には相当な分量だ。

「一応、あっちが作ってくれた定型文はある。それを商品に応じてちょこっと変える、とかで構わないから」

「はい」

そんな小手先のテクニックで、上手くいくかは甚《はなは》だ疑問だ。しかし、こうなった以上はやるしかない。

「どれくらいかかりそう？　めどとかある？」

「えっと……」

さすがにすぐ答えられずに口籠もっていると、理央が「横溝さん」と窘《たしな》めるように口を挟んだ。

「伊吹くん、前はチラシ作っていたっていうし、いくら何でもすぐにはペースが摑めないと思うよ。とりあえず、少し手を着けてもらってそこから考えたら？」

「うん、そうだよな。ごめんごめん、嬉しいのと焦っちゃって」

理央の助け船を耳にして、横溝は人懐っこく笑った。

「いえ、すみません……はっきりしなくて」

「大丈夫。この仕事は俺が仕切ってるから。とりあえず何パターンかやってもらって、そこから進行を計算しよう」

「お願いします」

そのほうが目安もつけやすいし、有り難い話だ。

……あれ？

それにしても理央が仕切っているというのは、どういうことだろう。

これは横溝の案件ではないのだろうか。

「ＣＧＩを組んでるのは横溝さんだけど、デザインは俺がやってる。もともと俺は個人で働いていたから、Ｗｅｂデザインもマークアップ・エンジニアの仕事も両方できるからね。ただ、ＰＨＰとかＰｅｒｌとか難しいことはお手上げだけど」

何を言っているのかはよくわからないが、確かマークアップ・エンジニアはＨＴＭＬなどでサイトを実際に組む人を指すはずだ。

彼らが共同で仕事をしているとは、意外だった。二人で仕事の話をよくしていると思ったけれど、同じ会社というわけではないはずだ。

最初に二人からもらった名刺のことを思い出したが、住所をこのシェアオフィスにしている以外の共通点はなかったと思う。

怪訝《けげん》そうな伊吹の反応に気づいているらしく、理央はいかにも楽しそうに笑った。

「俺たち、今やってるの、佐藤《さとう》さんの斡旋《あっせん》なんだ」

「佐藤さんが？」

「うん、佐藤さんは直接タッチしてないけど、あの人の友達の紹介なんだ」

だからといって、横溝と理央が同じ仕事をしているというのは、わかりそうでわからない。

「俺はＷｅｂデザインが得意だから、ディレクターの発注に応じてデザインしたり画像を作ったりする。横溝さんはプログラミングのほうが得意。だから、サイトの外観は俺が作って、ショッピングカートのシステムとかは横溝さんが担当」

理央が伊吹の理解度を確かめるように一拍置いたので、慌てて「はい」と相槌を打つ。

「全体のディレクションをしているのは、東雲《しののめ》さん……っていう、佐藤さんの友達。東雲さんはＷｅｂ制作会社の営業で、打ち合わせのときだけ来る」

「はい」

「このオフィスのいいところって、職種がみんなばらばらだから、需要と供給を上手い具合にマッチングできるところなんだ。君みたいに英語ができる人もいれば、作曲やFlashアニメを作れる人、絵を描ける人……みんなにスキルがある。実際顔を合わせて相談できる分、相談もしやすい」

「わかるような、気がします」

要するに、ここで仕事をしている人間同士、仲間内で仕事を回したりしているらしい。

そのメンバーの中にさりげなく伊吹もカウントされていたことが、ひどく面映ゆかった。

「それぞれのスキルを共有しようってことで、Ｗｅｂ制作の基本も勉強会をやろうと思ってるから、今度出席してよ」

「はい！　でも、まずは英語頑張ります」

「よろしく」

伊吹の言葉が面白かったのか、理央が笑みを零《こぼ》した。

ごく自然に頑張るという言葉が出てきて、伊吹は自分でもびっくりしてしまう。

頑張るという言葉を聞くと、そうでなくとも全力でやっているところに更に鞭《むち》打たれる気がして、苦手だったのに。

このオフィスの明るい雰囲気が、伊吹の心証に何か変化をもたらしているのだろうか。

送られてきた資料は、駅に近い場所にあるクラフトショップ『ギルド』のものだった。

だいたいの場所はわかるが、行ったことはない。

資料を捲《めく》ると一点ものの商品が多く、どれもが個性的だ。実際、添付された画像はペーパーウェイトから古布《ふるぎれ》のコートまで多岐《たき》にわたっていて、翻訳するにも骨が折れそうだ。

英文サイトを作る目的に関しては、湘南の職人の底力を世界発信したいと書かれている。

ただショップを作るだけなら、もちろん、日本語だけのほうが楽だろう。でも、わざわざ英語にするというのは、世界中の人に見てほしいという理由があるからだ。

逆にいえば、伊吹が書いた説明をどこか知らない国の人が見る可能性だってあるのだ。

そう思うと、ぞくっとする。

武者震いというものだろうか。

まず、一点目の商品からやってみよう。

参考に渡された英文はシンプルで、難しい修辞など使っていないので安心した。

『日本古来の伝統の技法である「しぼり」を使ったスカーフ。手作りのため、色味が微妙に変わります』

これを英訳するのだが、取っかかりが難しい。

深呼吸をした伊吹は、文章の一つ一つを頭の中で組み立て始めた。

「あれ、伊吹くん、休憩?」

がたんと立ち上がったところで理央に問われ、伊吹は「はい」と小声で答える。

「ちょっと歩いてきます」

「了解。気をつけて」

こんな真っ昼間で気をつけるも何もないと思うのだが、伊吹は曖昧に首肯しておく。

伊吹の行き先は、駅の裏通りにある『ギルド』だ。

裏といってもこのあたりも観光客が散策するので、いつもにぎわっている。今日もカラフルなリュックを背負った中年男女のグループとすれ違った。

『ギルド』の店頭には女性向けのアクセサリーや小物のほか、スカーフや帽子といったものも並ぶ。

メインの客層が女性なのは知っていたので入るのはかなり恥ずかしかったが、背に腹は替えられない。

伊吹が見たかったのはスカーフで、棚の上に数点がディスプレイされている。そこには制作した作家の略歴と名前も小さく添えられていた。

一枚は大きめのしぼりで、もう一枚は女性がいうところのシフォンタイプだろうか。

いずれもやわらかな風合いで軽いし手触りは似ているし、もらった資料では『ふんわりとした優しい手触り』だったけれど、やっぱり、全然違う。

色ではなく雰囲気が違うのだ。

「そのスカーフ、やわらかくていいですよね。化繊と違って手触りも優しいし、つけると軽いんです。エアコンが効いているところとかでも重宝します」

店員が満面の笑みを浮かべて近づいてくる。

「プレゼントですか？」

「いえ……あの、これはどうやって作ったんですか？」

口下手な伊吹にしては、珍しくちゃんと質問をできた。

「作製方法ですか？　こちらはですね……」

以後に続く流れるような説明を、頭の中でメモしていく。

説明のあとも二枚の作品を観察してその印象を目に焼きつけようとしていると、さすがに店員が困惑した顔になった。

潮時だ。これ以上は、不審がられてしまいかねない。

このお店のＷｅｂショップを作っていると言えばいいのかもしれないけれど、勝手に来た身の上でそんな押しつけがましいことはできなかった。

「ありがとうございます」

何とか感触は摑んだし、翻訳の方向性は決められそうだ。

英単語を頭の中で転がしながら外に出た伊吹は、「あれ」という声に立ち止まった。

「伊吹さん？」

「弓場《ゆみば》さん……」

ちょうど通りがかった様子の奏が足を止め、ヘッドフォンを首の後ろに引っかけ、伊吹に話しかけてきたところだった。

結構気温が上がってきたのに、奏はきっちりとプレスされたシャツを着込み、手首までボタンを嵌《は》めている。暑くないのだろうか。

「奏でいいですよ。僕も今、下の名前で呼んじゃったし」

「あ、はい。あの……奏、さん」

「いえ、今みたいに用事がないときは呼ばなくてもいいです」

奏はそれきり行ってしまうのかと思ったが、意外にもそこで立ち止まったままだ。

ちらっと店に視線をやってから、唐突にかたちのよい唇を開いた。

「そのお店、今やってる理央さんの案件ですか？」

「そうです」

「下見？」

矢継ぎ早に質問をぶつけられ、伊吹はしどろもどろになった。

「というか、表現でわからないところがあって、それで商品を見ようと思って……」

「ふうん。えらいですね」

「え」

さらっと発された言葉は、皮肉や嫌みの類《たぐい》ではまったくないように思う。

むしろ、感心したような意味合いが込められているのを直感できた。

こういう行間を読むのは苦手だったが、同じ職場にいるうちに、奏が嫌みを言ったりするタイプではないとわかっていた。

「えって、そんな顔……されても、困る」

ぽつりと呟かれる。

実際に奏は困っている様子で、微《かす》かに眉《まゆ》を寄せた。

「う、すみません。でも、全然えらくないです。僕、こういう翻訳初めてで、わからないことだらけだから、見に来ただけで……」

あからさまにしどろもどろになってしまう。

「それだけ一生懸命やってるってことでしょう。僕に謝らなくてもいいですよ。丁寧な仕事をしてるっていうのは、自慢していいことだし」

「……………」

「もちろん、間に合えばですけど」

冗談とも本気ともつかぬ口調で奏が付け足したので、逆に伊吹の心もふっと和《なご》んだ。

「そうですね。間に合うように、努力します」

嬉しかった。すごく、すごく嬉しかった。

直接自分の仕事と関わっているわけではない相手が、伊吹のことを認めてくれたのだ。

「奏さんは、何か用があったんですか？」

「僕はバスで来てるんですけど、ターミナルが西口なんです。それで」

「ああ……」

そこで会話が終わってしまったが、奏が途中でコーヒーを買っていくと言ったので、大して問題はなかった。

我ながら単純だけど、詰まっていた作業に光が見えたような気がした。


とはいえ、現実はそう甘くはない。

自分の趣味や学問での翻訳とは違い、これは責任のあるちゃんとした『仕事』だ。

こだわればこだわるほどに、進行は遅くなっていく。

皆の共同作業なのだから、完成度にこだわるのは当然だった。

大学のときの友人にメールをして、難しいものについてはアドバイスをもらっているが、すぐにレスポンスがあるわけではないので待ち時間も長い。

「まずいなあ……何度やってもカートで不具合が起きる」

「プラグインがおかしいんじゃないか？」

「うーん……」

幸いといっていいかわからないけれど、ちょうど横溝と理央の作業も遅れており、伊吹だけが足を引っ張っているわけではないらしい。

ほっとしたが、自分が真っ先に仕上げなくてはいけないのはわかっている。

――今夜は帰れそうにないなあ……。

眠い目を擦《こす》りながら、伊吹は真剣そのものの表情で画面に向かう。

「はい、どうぞ」

集中モードだった伊吹は、理央のその声で現実に引き戻された。

同時に背後からすっと手が伸ばされ、伊吹の前に紙皿が置かれた。その上には取り分けられたちらし寿司が載っていて、途端に空腹を意識する。

照明の下でも桜でんぶのピンクと錦糸卵の黄色のコントラストが効いていて、とても美味しそうだった。

「これは？」

「俺からの差し入れだから、時間あるときに食べて」

「いいんですか？」

「うん、頑張ってくれてるし。夜食があれば精もつくでしょ」

「僕のはあと一時間くらいで終わりそう……って、このメールは？」

ちょうど機械音がして、理央から新しいメールが届く。

「――ごめん、じつは追加。今日、新商品入荷したんだって」

「…………」

添付されていたファイルをクリックしてみると大量の商品が追加されたのがわかり、伊吹は絶望的な気分になった。

「でも、おかげで全体の納期がちょっとだけ延びたんだ。悪いけど、もう少し頑張ってくれないかな」

何となくわかった。

どうやら、新商品の登録と引き替えに納期を延ばす交渉をしたようだ。

「ごめんね、伊吹くん」

「いいです。たぶん、明日のお昼までには終わるし」

言いつつも、伊吹の視線はちらし寿司に引き寄せられてしまう。

今すぐにでも飛びつきたいが、理央がまだ食べていない様子なので気が引ける。

すると、彼が伊吹の気持ちを読んだように顔を上げた。

「ありがとう。その前に、一息入れない？　腹が減っては戦はできぬ、だし」

「はい」

「横溝さんもどう？」

理央がぐるんと躰を捻《ひね》って横溝に振り返ると、彼は「食べます」と疲れた声で返事をした。

「じゃ、せっかくだし中で食べよう」

「はい」

横溝が躰を大きく伸ばしてから立ち上がり、三人は連れ立ってミーティングルームへ入った。

ドアを開けたままでいるのは、すでにほかのメンバーは帰宅したからだ。

靴を脱いでフローリングの床で裸足《はだし》になり、伊吹は大きく伸びをする。

遅れてやって来た理央が、紙コップに入った緑茶を配ってくれた。

「すみません、気が利かなくて」

「いいよ、まだ慣れてないしさ」

「すみません」

何度も謝ってますます小さくなる伊吹に、理央は「早く食べよう」と促す。

「これ、もしかして手作り？」

「まさか。そんな時間あったら仕事を終わらせてるよ」

「だよなあ」

理央と横溝は軽口を叩きつつ、美味しそうにちらし寿司を口に運んでいる。

酢飯の酸味が、疲れた躰には効きそうだ。

「美味しいです」

「よかった。これ、さっきスーパーで買っておいたんだよね。見切り品で七割引き」

得意げな顔になる理央は、今だけは妙に子供っぽい。

「徹夜してたから、あまり重いもの食べられなくって」

「わかる。最近、年々徹夜がきつくなっててさ。理央さんはどう？」

「俺も」

三人で口々に話しながら、ちらし寿司をつつく。

気づくと伊吹はさほど緊張もせずに彼らと会話をしていて、そのことに自分でもびっくりしてしまった。

ランチミーティングのときに皆の話を聞くのはそれなりに楽しいのだが、自分から振れるような話題はなかった。だから会話にも積極的に加われずに理央を心配させているようだったが、三人だけだと気楽でいい。

それに、いつもより理央のことを近く感じる。

理央の醸し出す、不思議な清涼感のせいかもしれない。何だか、彼といるだけで居心地がよくなるのだ。

「伊吹くんは、このままここ、借りるの?」

「そのつもりです。一週間過ぎちゃったし……一応、ここネットできるので」

一か月単位の契約なので、事前に申請すればいつでも退去できるのが有り難い。

「じゃあ、また頼もうかな。英語できるっていうのはすごいスキルだし」

「お願いします」

「横溝さんは……」

「あのさあ」

珍しいことに、割って入った横溝がそこで突然口を挟んだ。

「なに?」

「理央さんって、何で森戸さんは『伊吹くん』で、俺は『横溝さん』なんだ?」

「あ……えっと、キャラ的に?」

「だって、奏くん以外は苗字で呼んでない?」

「ああ、そういえばそうだねえ。やっぱりキャラの問題かなあ」

どういうキャラと思われているのかはいまいちわからないし、理央から屈託のない親しみを向けられても応じ方がわからない。

……でも、少しだけ、嬉しかった。

理央に特別扱いされているようで、何だかわけもなく胸がどきどきしてきた。

大変な仕事だけど、皆でやると楽しいものなのかもしれない。

伊吹はこの仕事に、やり甲斐《がい》と楽しさを見出《みいだ》していた。


仮眠をして、結局、仕事は夜明けまで続いた。

英文のチェックをしていた理央が、「ねえ」と不意に声をかけてきた。

紺色のTシャツは少し色褪せていて、その無頓着さがいかにも理央っぽい。どんな格好をしていても、理央は似合うのだと思う。

「聞いてる？」

「は、はい」

つい、理央に見惚《みほ》れていたことに気づいて、伊吹ははっと顔を上げた。

理央はそんな伊吹が我に返るのを待っていたように、優しい目でこちらを見つめている。

目が合った途端にばつが悪くなり、伊吹は視線を落とした。

「すみません、続けてください」

「この二つの商品、どうして訳を変えてるの？」

理央は日本語から英語に訳するのは無理だけど、逆なら何となくいけるのだという。今も、時々パソコンで単語を検索しつつ、伊吹の書いた英文を眺めている。

「そ、れは……」

ええと、と伊吹は口籠もった。

理央が指さしたのは、例のスカーフの説明だ。何十点という商品がある中でこれに目を留めるとは思わず、伊吹はどきっとした。

「つまり、その……、日本語の説明ではどちらもふわふわって書いてありましたが、二つとも同じだとニュアンスが伝わらないと思ったんです」

「うん」

「だから、作り方を中心にした説明に変えました。きちんとしてるって思われたほうが、買ってもらえるかなって、思って……」

訥々《とつとつ》と言葉を選びつつ説明すると、理央の口許がやわらかく綻んだ。

「了解。すごくいい着眼点だね」

「…本当ですか?」

信じられなくて、ぱっと顔を上げてしまう。目が合うと理央は大きく頷いてくれた。

「嘘なんて言わないよ。これなら、クライアントも納得すると思う。あとは先方に最終チェックしてもらえば、おしまい」

仕事の終了を宣告され、伊吹は腹の底から盛大に息を吐き出した。

よかった。

初仕事はプレッシャーだったが、何とか問題もなく終わりそうだ。

「よっし、お疲れさん！」

納品するデータをアップロードして、東雲に報告のメールを入れたところで仕事は終了した。あとは先方が確認し、修正がなければそのまま納品となる。とはいえ、彼らが出勤してくるまで待つのは時間がかかるので、一旦解散することになった。何か大きなトラブルがあれば再集合するが、そうでなければ理央がどうにかすることになっている。

試しにアクセスしたサイトは上品で、そして軽い。ユーザビリティ——というのか、そちらもいい感じだったし、こんなサイトを自分たちの手で作れるという事実に感心した。

伊吹にとって、企業のサイトは見知らぬ凄腕のデザイナーが作るようなもので、自分たちが突貫工事で作るようなものではない気がしていたからだ。

「よかったら、これから打ち上げする？　といってもこの時間だとファミレスだけど」

理央が提案すると、伊吹は首を横に振った。

「あ……いえ、今日はもう寝たいです」

それに、ろくに寝ていないので空腹だけど食べたら胃に悪そうだ。

「なら、俺も真っ直ぐ帰るよ。横溝さんは？」

理央の問いに、横溝が「まだちょっとチェックしたいから、残る」と答えた。

「じゃ、エアコンとか戸閉まりとか、任せてもいいかな」

「うん」

鷹揚《おうよう》に頷いた横溝に、理央は嬉しげな顔になった。

「了解。おやすみなさーい」

「お疲れ様でした」

横溝と理央に頭を下げて帰ろうとすると、すぐに、理央が「伊吹くん」と追いかけてきた。

「何ですか？」

階段の途中で足を止めて振り返ると、妙に響く。

「家、どっち？　一緒に帰ろ」

「うち、山際ですよ」

停《と》めてあった自転車の鍵を外し、それには乗らずに引いて歩く。

「どの辺？」

傍らを歩く理央にさらりと聞かれて、伊吹は「楓《かえで》が谷《やつ》です」と答えていた。

「じゃあだいぶ距離があるね。危なくない？」

「車はそんなに通らないです」

畑とアパート、住宅に囲まれていて、抜け道ですらない。この時間帯なら、まず、車両は通らないはずだ。

「いや、ほら、身の危険とかない？」

真顔で聞いてくる理央に、伊吹も噴き出しそうになった。

「危ないって男ですよ、僕。住宅地だし、そこまで治安悪くないです」

いつの間にか、理央に対してはずいぶん口数が多くなった気がする。

つまりは、慣れたってことだろうか。

「伊吹くん、可愛いから」

またしてもさらっとそんな言葉をぶつけられて、伊吹はかっと頬が火照るのを感じた。

まさに、二の句を告げない。

可愛いなんて言われて真に受けたところで、そもそもそれは女性への褒め言葉だし、何もいいことなんてない。

理央は親しみやすく人懐っこい性格なので、シェアオフィスでも人の中心にいる。誰からも人気があって、何か相談を持ちかけられるのをよく目にしていた。

社交辞令は淡々と流しておかなくては。

「あのスカーフ」

「え？」

「さっき説明のこと聞いたスカーフだけど、わざわざ調べにいったんだって？」

「どうして知ってるんですか⁉」

驚きに声が上擦ってしまう。

「奏くんが言ってた」

理央の答えを聞いて、ばつの悪さに伊吹は縮こまってしまう。

まさか奏がそんなことを言うとは、思ってもみなかった。

「だって、そんなこと……」

「奏くん、君のこと褒めてたよ。仕事熱心で真面目《まじめ》だって」

理央はにこりと笑って、伊吹が口を挟む隙《すき》を与えずに続けた。

「俺もそう思う。君は、すごく一生懸命でいい子だよ」

「……やめてください」

照れてしまって、もう、理央のことを正視できなかった。

そうでなくても、いつも、彼のことは気になっているのに。

「せっかくだから、明日、ウインドウショッピングでチェックしてみるよ」

「何を？」

「うち、『ギルド』のそばなんだ。スカーフの違い、見てみたいし。でも、誘ってくれれば一緒に行ったのにな」

明け方の星はもう見えなくなっていて、視線の先にはぼやけた街が広がっている。

「すみません……」

「今度遊びにくる？　ちょうどあの脇道《わきみち》を入っていくと住宅地があるんだよね」

何でもないことのように誘われて、伊吹は返答にますます戸惑う。

アパートなんてありそうにない場所だけれど、一軒家なんだろうか？

「ご自宅なんですか？」

「ううん、下宿」

言葉のキャッチボールが、心地よい。

初めてそう思った。

伊吹にとって会話はいつも気詰まりで、できれば一刻も早くやめたいものだったからだ。

なのに、今は違う。

理央とならばこうして会話が続くのは、やっぱり彼の人徳なのだろう。

ぼうっとしながらそう考えていると、不意に理央は長身を屈《かが》めるようにして、伊吹の顔を覗《のぞ》き込んできた。

「！」

近い……。

自転車を引いていた伊吹が驚いて立ち止まると、理央も二歩進んでから足を止めた。

心臓が、どきどきと脈を打ち始めている。

「ごめん、驚いた？」

「少し」

「ちょっとは慣れた？」

理央に、という意味か？　それとも仕事場にという意味だろうか？

どういう質問の意図なのかが不明で、伊吹は眉根を寄せた。

「野瀬《のせ》さんに、ですか？」

正解なのか不正解なのかわからずに、つい、たどたどしい聞き方になってしまう。

「それもあるけど、オフィスにさ」

「それは、かなり」

それは、率直な感想だった。

「このあいだも言ったけど、勉強会、来週には開くつもりだから。出席してみない？」

「はい！」

「よかった。日時はメーリングリストで流すよ」

にこりと笑った理央は、それから横断歩道のところで足を止める。

おそらく、このあたりで理央と別れることになるのだろう。

何だか、もう少し理央と話をしていたい気分だった。

だけど、お互いにすっかり疲れ切っているから、ここで別れなくてはいけない。

たとえどんなに名残惜しくても。

「おやすみ、気をつけてね」

「はい」

ぺこりと頭を下げた伊吹は、ママチャリに跨《また》がって走りだす。

夜の街は人気《ひとけ》が少ない。

気楽になってつい思いついた鼻歌を口ずさみつつ走りながら、伊吹は、徹夜のせいでハイになっているのかもしれないと思い直して小さく笑った。

アルコールなんて一滴も入っていないのに、妙にふわふわした気分は、そのままずっと続いていた。

# 4

カーテンを開ける前から、今日がいいお天気なのはわかっていた。青い水玉模様のカーテンに透けて、光がよく見えていたからだ。

初めての仕事が終わってから、もう二週間。

シェアオフィスの本契約を済ませ、伊吹《いぶき》はあのオフィスの入居者になった。

五月のあいだは日払いで、六月からは月払い。

懐具合は微妙だったが、やる気だけはあった。

伊吹はTシャツにハーフパンツという涼しさ重視の格好で、いつになく軽快な足取りで階段を下りていく。

ちょうど下りきったところで、畑から戻ってきた伯父と鉢合わせた。

「ああ、伊吹くん」

タオルで顔を拭《ふ》きながら、横倉《よこくら》が声をかけてくる。

「おはようございます！」

伊吹がぺこりと頭を下げると、伯父も嬉しげに相好《そうごう》を崩す。

「これから仕事かい？」

快活な口調で問われ、伊吹は曖昧に首を振った。

「残念ながら、まだ職探し中です」

横溝《よこみぞ》の仕事を最後までやり遂げたことで信用してもらえたらしく、小さな仕事を三件、シェアオフィスの仲間たちがそれぞれに斡旋してくれた。

とはいえ、いつも英訳の仕事があるわけではなく、単純作業のデータ入力や文書の校正がメインだった。

シェアオフィスの居心地がよすぎて、きちんとした求職活動をする気力がなくなってきている。

よくないという自覚はあった。このまま皆の手伝いでいても収入は安定しないし、失業保険も支給されるが限度がある。

これまでに三回出席した理央《りお》主催のＨＴＭＬ講座は勉強になるが、まだ就職に繋《つな》がるほどの知識はつかなかった。

「シェアオフィスをそのまま借りて、何か独立して事業を興すのかい」

ネットをする以外の理由で仕事場へ通っていることが、伯父には不思議なのだろう。

「いえ、そこまでのスキル……技術がないから。みんなに時々仕事も振ってもらえるし、それで食いつなげているうちに仕事を探したいなって」

「そうか、それはいいな」

完全にその日暮らしなのに、伯父は嬉しそうに目を細めた。

「宮仕えを体験したなら、今度は一匹狼を体験するのもいい。人生なんて、何事も経験だ」

「はい」

慰めてくれる言葉に、伊吹は横倉を安心させようとなるべく元気よく頷いた。

「そうだ、自転車……借りっぱなしですみません」

自転車はそこまで高くないので、自分で買うべきなのかもしれない。だが、伯父はこれまでも全然使っていなかったからと、暢気《のんき》に首を振る。

「いいよ。ただ、帰りに牛乳を買ってきてもらえると有り難いんだが」

「わかりました」

それくらいのお遣いならば当然だし、お安い御用だ。

伊吹は頭を下げると、停めてあった自転車に乗ってじりじりと陽射しの照りつける中を走り始めた。

お金ができたら、イヤフォンではなく自転車を買うのもいいかもしれない。ママチャリはさすがに格好悪いし、長距離の移動には向かない。

もっとも、すべては仕事が決まってからだ。

ぽたぽたと滴《したた》ってきた汗を右手の甲で拭《ぬぐ》い、伊吹は前を見つめる。

観光客の多い駅前を抜けていくうちに、店の雰囲気が変わってくる。書店や銀行、郵便局に並んでＪＡの経営する市場があるのだ。

そこから先は海で、飲食店や雑貨店が並んでいる。

伊吹がまだ目にしたことのない、湘南《しょうなん》の海はどんな色味なのだろう。

「伊吹くん」

いきなり知った声に呼びかけられた伊吹がふっとそちらを見ると、くだんの市場の通路から顔を出してひらひらと理央が手を振っていた。

「わっ」

この市場は存在を認識していたが、そもそも自炊をしないので立ち寄ったことはなかった。

急いでブレーキをかけるわけにもいかないので、人通りの少ないところで一旦自転車を停めてから、そちらへ戻る。

「野瀬《のせ》さん、おはようございます」

頭にはタオル、Ｔシャツにデニムというスタイルの理央は、エプロンでもしていれば八百屋と間違えられてもおかしくない風体だ。

「おはよ。今から仕事場？」

「あ、はい」

初めて足を踏み入れた市場は、想像していたよりも薄暗い。

台に並んだ野菜はだいぶ減ったらしく、狭い空間は伯父の畑と同じ匂いがした。

「よかった、伊吹くんに会えて」

出し抜けにそう言われて、伊吹はきょとんとする。

朝から自分と顔を合わせて「よかった」と言われる理由なんて、思いつかない。

「な、何が、ですか？」

「あのさ、もし急いでなければ荷物運ぶの手伝ってくれない？　今日のランチ当番は俺だけど、結構な大荷物になっちゃって」

理央の足許にある野菜がぱんぱんに詰まったエコバッグを見れば、どれほど重いのかは想像がついた。

いったいどうやって運ぶつもりだったんだろう。

案外理央が無計画なのがわかり、伊吹はついつい唇を綻ばせる。

「いいですよ。荷台にも載せられるし」

今から同じ目的地に行くのに、ここで断るほど伊吹だって不親切ではない。

それに、自分の存在が誰かに、いや、ほかでもない理央に喜んでもらえるなんて、嬉しい話だった。

「助かるよ」

理央は目を細めて笑うと、エコバッグの取っ手を持とうとしたので、とっさに躰が動いた。

二人で一本ずつの取っ手を握り、重さを半分ずつにしたつもりだった。

「!?」

途端に重力に引かれ、肩ががくんと下がる。

「やっぱ重いわ。通りかかってくれて助かった」

「一人だったら、どうするつもりだったんですか?」

「誰かを電話で呼ぶか、二往復を覚悟してた」

そう言った理央は、「お礼に無料にするよ」と言った。

何のことだろうと、伊吹は首を傾げる。

「今日のランチ当番だからさ。君は自転車出してくれたから、奢《おご》り」

「いいんですか? 僕、たまたま通りかかっただけなのに」

「うん、たまたまでも俺にはラッキーだったから」

固辞もできたが、ランチ代が浮くのは有り難い。ほっと表情を緩める伊吹の傍らで、理央が「いー天気だなぁ」とのんびりと言った。

「…………」

きらきらとした陽射しが、理央の髪に光の輪を作っている。

その何とも言えない美しいものに、思わず見惚れてしまう。

じっと理央を見ていると、彼が「どうしたの？」と急に顔を向けた。

「いえ、あの……」

「ん？」

「帽子被らないと、熱射病とかなりますよ」

「あ、そうだね」

理央は頷き、そして伊吹にどきっとするほど鮮やかな笑顔を向ける。

直視したせいか眩《まぶ》しくて、つい、黙り込んでしまう。

「前から思ってたけど」

唐突に、理央の声が静かなものになった。

「は、はい」

不穏な気配を察知し、伊吹の声が自然と強張《こわば》ったものになる。

自分の行動に何か不自然なところでもあって、もしかして、ゲイだっていうのに気づかれてしまったただろうか。

「伊吹くんって優しいよね」

「……僕が？」

意外な評価だった。

「そう」

「単に、断れないだけです。断って嫌われたら嫌なだけで……」

「それも優しさだと思うよ」

理央は何でもないことのように言うと、外に出る前にもらった段ボールを伊吹の自転車の荷台に積み、その上にエコバッグを載せた。

いつも構ってくれる理央のほうがずっと優しい――そう言いたかったが、何だか照れくさくて言葉にならない。

その代わりに、伊吹は俯くほかなかった。

「だから、俺としては別の面も見たいな」

会話は終わったと思っていたのに、そうではなかったようだ。

驚きに顔を上げ、伊吹は理央を見据える。

「意地悪してほしいってことですか？」

それを聞いた理央は、噴き出して今にも笑い転げそうな勢いでお腹《なか》を抱えた。

「そうじゃなくて、敬語をやめて、もうちょっと親しくしてくれるとか」

「だって、野瀬さんは友達でもないし……」

「えっ。友達じゃないんだ⁉」

口籠もる伊吹に、理央は驚愕《きょうがく》の声を上げる。

その反応にはっとして、つい、彼の顔を凝視してしまう。

傷ついたような、せつないような、淋しげな――顔。

わざとらしさがないリアクションだけに、きゅうっと胸が痛くなった。

どうしてだろう。

理央がそういう顔をするのが、苦しい。

自分のせいで悲しませているような気がするからだろうか。

そんなところを見たくない。

彼は笑っているのが一番似合うし、伊吹だってそういう表情を見たいからだ。

「す、すみません……あの……職場の先輩とは思ってるんですけど……」

「あー……よかった……今、どきっとしたよ」

晴れ晴れとした笑顔を見せられて、伊吹は安堵する。

さっきから、理央の反応に一喜一憂しすぎだ。

だけど、目に焼きつくほどの鮮烈な表情に、胸が早鐘のように脈打って治まってくれない。

まずいよな……これ。

自分は決して惚れっぽいほうではないけれど、明らかに、よくない兆候だった。

理央のことを、すごく意識している。

しっかりしろ。

いくら人恋しいからって、よく知らない相手に恋をしちゃだめだ。

いや、理央のことは先輩よりも知っているかもしれない。

優しくて、笑うとえくぼができる。男前。好きな音楽は意外にもクラシック。料理が上手くて、中でもエスニックが得意。

理央のいいところを、それこそいくつだって挙げられそうな勢いだ。

もちろん、悪いところだってある。

欠点はやや人懐っこすぎることだろうか。伊吹のように他人に免疫のない人間は、馴染むまで時間がかかるし、それに、どうすればいいかわからなくなって戸惑ってしまう。

ともあれ、正気にならなくちゃ。このままじゃ、絶対にまずい。

自分を叱咤《しった》してみたが、理央が立ち止まって「どうしたの？」と問いかけたので、伊吹は慌てて首を横に振った。

「何でも、ない、です」

「そう。……でもさ」

「はい」

「今日は記念日だな。伊吹くんに、先輩って言ってもらえた記念日」

「大袈裟、です」

声が、震えてしまう。

「大袈裟じゃないよ」

真顔になった理央は、真っ直ぐに伊吹を見つめてきた。

「俺と伊吹くんは毎日同じ職場に顔を出してるだろう？　確実に、人生の一部を同じ場所でシェアしてる」

「はい」

「シェアオフィスで同じ時間を共有してるんだから、何の関係もないんじゃ悲しいよ。先輩でも友達でも、俺は嬉しいんだ」

晴れ晴れとした理央の表情に、ひときわ激しく心臓が高鳴った。

壊れてしまいそうだ。

照り返しの強い何の変哲もない歩道が、空へ向かう道ではないかと思うくらいに、伊吹は舞い上がっている。足許がふわふわして覚束《おぼつか》ない。

ああ……もうだめだ、これは……。

疑うべくもない。

好きだ。

この人のことを。

眩《まぶ》しくてたまらないのに、見つめずにはいられないこの感情に覚えがある。

そう、自分はもう恋に落ちていたのだ——この瞬間に。

シェアオフィスに行く途中、コンビニでアイスを買った伊吹は何気なく空を見上げる。

梅雨《つゆ》の晴れ間のせいか、やけに湿度が高い。

雲に隠れてぼんやりと滲《にじ》んだ太陽のせいで、足許には影が見えたり消えたりする。

自分の中ではっきりとせずにかたちになっていなかった、あの思い。

それを恋だと自覚してから、数日が経過していた。

「……まずいよなあ」

小さく呟いた伊吹は、からからと回る自転車の車輪の音に耳を傾ける。

「まずい」

絶対、まずい。

だって、理央はオフィスでも誰からも好かれて、伊吹とだけ仲がいいわけじゃない。

八方美人と感じる人もいるかもしれないが、伊吹は理央からそういういやらしさを不思議と感じなかった。

女性からも男性からも理央がしょっちゅう声をかけられているのは、無理もないことだと思っている。

むしろ、それこそが理央に惹かれた理由なのだと思う。

我ながら、どうかしていた。不釣り合いにもほどがある。理央のような眩しい存在に恋をするなんて、まるでアポロンに恋をしたひまわりみたいな心境だ。

ひまわりみたいに可愛い少女ならいいけれど、悲しいことに、伊吹は理央と同性だ。

その壁は、ちょっとやそっとじゃ越えられない。

眼中にない相手に好意を持たれたところで、理央だって困るに決まっている。

優しい理央に迷惑をかけるのは、伊吹には本意ではなかった。

だから、見ているだけにして、諦められる日を待てばいい。

いや、それに理央くらいに素敵な人ならば、恋人がいないほうがおかしいんじゃないのか。

そう考えるとほっとするような、淋しいような、そんな複雑な気持ちが胸を満たした。

目を伏せて歩きだした伊吹は、ビルの玄関のところでちょうど三階から下りてきたと思《おぼ》しき理央と奏《かなで》に行き合った。

女性もいるけれど、ランチにでも行くのだろうか？

「どうしたんですか？」

「これから体育館行くんだけど、一緒にどう？」

声をかけてきたのは、横溝だった。

「体育館……？」

「バスケするんだ」

あまりにもアクティブすぎる意見に気が引けて、伊吹は首を横に振る。運動は苦手なので辞退しようとすると、理央が「おいでよ」と直々《じきじき》に誘いかけてきた。

それだけで、心臓がびくっと跳ね上がるのだから我ながら現金だ。

「でも」

「気乗りしないならいいけど」

好きな人に誘われて、断れるわけがない。

それに、理央がバスケをするところ、もしかしたらすごく格好よかったりするかも……。

いけない。すごく気になってきた。

「僕、でも……バスケやる格好じゃないし……」

体育館ならば、外履きとは違う靴も必要なはずだ。

「メールすればよかったなあ。じゃあ、見学でいい？　それか審判」

「そのほうがいいです。みんなのレベルがわかるし」

あまりにもすごかったら、プレイに混じるなんて無理だ。でも、ルールはわかっているから審判だったらできる。

「俺たち、超ハイレベルだよ。ＮＢＡ並みだから」

理央のくだらなすぎる軽口を耳に、いつの間にか伊吹は彼の後ろを素直に追いかけていく。

「ほんとに？　理央さん、３ポイントばしばし決めてくれないと」

今日ばかりは、突っ込みを入れる奏もどこか楽しそうだ。

「おう、任せて」

体育館は海と仕事場の中間くらいで、徒歩数分だ。

理央たちは、仕事が暇だと時々こうしてバスケをするのだという。春先は何かと忙しいのでイベントの企画自体がなく、メーリングリストで流すのを忘れていたと、理央も反省していた。

靴下になった伊吹がベンチに腰を下ろして待っていると、更衣室から理央がTシャツにハーフパンツというスタイルでやって来る。ほかの皆も似たり寄ったりの格好で、女性陣はジャージ姿だ。

エアコンを使っているようではあるが、室内はひどく蒸し暑かったので、立っているだけで汗が込み上げてきた。

「じゃ、始めるから審判お願いしまーす」

「はい」

審判になった伊吹は、緊張しつつもボールを真上に放り投げる。

ぱしっと長身の理央がボールをはじき、それを佐藤《さとう》が受け取った。

ドリブルから、パスを繋ぎ、またドリブル——最後は佐藤がシュート。

佐藤だけは経験者なのか、流れるような動作だった。

しかし、まともなのは佐藤一人で、ほかのメンバーのレベルは似たり寄ったりだ。理央も3ポイントを決めるというのは冗談だったようだ。

気づくと伊吹は、無意識のうちに理央を応援していた。

楽しい。

理央が言うとおりに、自分は彼らと人生をシェアするのを楽しんでいる。おそらくは出身地も年齢も、言ってみれば職業も所属先もばらばらなはずなのに、同じ場所を共有し、そして今、こうして笑っているのだ。

その喜びをもたらしてくれたのは、やっぱり、理央だと思う。

何かと伊吹を気にかけてくれた彼がいなければ、今頃自分はここでこうして笑っていなかっただろう。

じっと理央を見つめていると、彼と不意に目が合う。

つかつかと近づいてきた理央の顔は、やけに真剣だった。

「伊吹くん」

珍しく強い口調で呼ばれ、どきりとする。

もしかして、今度こそ気づかれたのだろうか。

こんなふうに熱い視線で彼を見つめていたから。

「は、はい」

狼狽する伊吹に、理央は年季の入った点数板を指さした。

「点数入れて」

「え？」

「スコアラーもやってもらってるんだし、点」

あ。

理央に見惚れているせいで、すっかり審判としての仕事を放棄してしまっていた。

「すみませんっ！」

慌てて謝った伊吹は点数を捲る。

「一点じゃなくて、二点」

「ああっ」

もたもたしながら点数を直すと、彼らはどっと笑った。

「よし、気持ち切り替えて反撃しよう」

「おう！」

佐藤の言葉に、奏たちが頷く。

いけない……こんなんじゃ。

浮かれていた気持ちをとにかくクールダウンさせようと、伊吹は唇を嚙《か》み締める。

なのに、ちっとも上手くいかない。

恋の熱に当てられて、すっかり自分らしさを見失ってしまっている。

そんな己が恥ずかしかったが、長い人生でたまにはそういうことがあってもいいじゃないかと、半ばなげやりな気持ちで達観している伊吹自身がいるのも事実だった。


結局、梅雨の晴れ間はその一日だけだった。

じめじめとして雨が降り続いているのに、必要以上にへこんでいないのは、佐藤に話をもらった新しい仕事を受けたためだ。

内容は極めて単純だ。

とある企業のサイトを作り直すのに、データを入れ替えることになったのだという。しかし、データの大半は延々とコピー&ペーストするというクリエイティブさの皆無な仕事で、誰にでもできそうではある。とはいっても、このプロジェクトはシステム面に手間取って人手も残り時間も不足しているそうで、手伝ってほしいと彼に頼まれた。納期がずれるとその分違約金が発生するそうで、佐藤はまたしても東雲《しののめ》に頼まれたのだという。

むろん、家でできるならやってもいいのだが、インターネットを使えないのは進行に支障を来《きた》す。それに、仕事をするうえではシェアオフィスは快適すぎるし、お金も払っている以上は使わない手はなかった。

でも、これも所詮《しょせん》はその場しのぎのアルバイトだ。

面接を受けて落ちるのにも飽きてきたし、前途洋々とは言い難かった。

そうでなくとも、ここには理央がいる。あまり長居すれば、油断して伊吹の気持ちも透けてしまうかもしれない。そうなったときに、彼に嫌な思いをさせるのは避けたい。

「こんなのでいいのかなあ……」

深々とため息をつく。

サービス業は苦手だけれど、生活費は必要だ。

ちょうどこの仕事場に来る途中にあるコンビニで、夜間バイトを募集しているのを見かけた。夜間バイトのほうが割がいいので、集中的に稼ぐには向いている。ああいうバイトをしたほうがいいのだろうか。

でも、そうすると自分の性格上、コンビニでのバイトに打ち込んでしまうのがわかっている。そちらに気を取られて、就職活動に身が入らなくなりそうだ。

今でさえ、危険ゾーンに足を踏み入れているのに。

たかだか理央と距離を置きたいだけで目標を違《たが》えるなんて、それはさすがに女々《めめ》しすぎる。

かといって、このままでは自分の気持ちが漏れてしまうかもしれない。

重い足取りでオフィスへ向かうと、フロアには誰もいなかった。

珍しいこともあるものだ。

とにかく一人でいられるうちに少しでも作業を進めておこうと、ノートパソコンを広げた。

まずはメールチェック。

ＤＭばかりでうんざりしつつもそれを処理し、ニュースサイトでひととおり今日のニュースをチェックする。新聞を取っていないので、こうして各社のサイトで情報を入れるのは社会との接点を作る数少ない方法だ。

——あ。

『同窓会のお知らせ』というメールが届き、無感動にタイトルを眺める。

クリックしようとしたそのとき、ドアが開いて理央が現れた。

「おはよ。早いね、伊吹くん」

「お、おはよう、ございます」

姿を目にしただけで、頬が熱くなってくる。

早いわけじゃないと言おうとしたが、軽口を叩く余裕もなくて、うろうろと視線をさまよわせる。

まだ誰も来ていないので、沈黙は不自然なくらいでよけいに狼狽し、口の中がからからになっていく。

緊張したら、だめだ。

気取られたらいけないと、あれほど自分に言い聞かせたではないか。

なのに、ここで二人きりだと思うと舞い上がってしまう。

「顔赤いけど、日焼け？」

「あ……ちょっと暑いせいかも」

何とかごまかそうとそう言うと、彼は大きく頷いた。

「エアコン入れようか？」

「平気です」

「そう？」

理央は鼻歌を歌いながらノートパソコンを広げ、立ったまま上体を屈めてコンセントを繋げる。それからコーヒーを淹れるために、キッチンへ向かった。

もう、すっかり彼の行動パターンは覚えてしまった。

一か月近く一緒にいれば、当然だろう。

「進んでる？」

「え？」

いつの間にか、コーヒーを淹れてきた理央が傍らに立っている。

「佐藤さんの仕事」

「ぼちぼちです」

「そっか。わからないところがあったら聞いてくれる？」

「はい！」

与えられた仕事は、時間の許す限り丁寧に頑張りたい。それは当然のことだ。しかし、気持ちは妙に浮かれるばかりで、こんなにふわふわした気分でいいのかと、一抹の不安を覚えていた。

そんなことを考えながら、中身を確認していなかった同窓会のお知らせメールを開く。

途端に、胃の奥に冷水を流し込まれたような気になった。

通り一遍の同窓会の案内メールは、まだいい。

そこに個人的な一行が添えられていたのだ。

——前の会社、やめちゃったんだって？　もしかして、セクハラ？（笑）

その何気ない一文に、胸を衝《つ》かれたような気がした。

セクハラ。

そっか……セクハラか。

されたほうじゃない。伊吹はしたほう——気持ちのうえでは、加害者になりかねない。

すうっと気持ちが、冷えた。

もしかしたら、伊吹の恋心は、理央に対する嫌がらせになるのではないか。

異性愛が基本の人たちにとっては、伊吹が抱《いだ》く感情は気持ちが悪いだろう。暴力や嫌がらせと感じる人もいるかもしれない。

背筋が寒くなった。

これがきっと、伊吹の気持ちに対する世間の人たちの率直な感想なんだ——そう、思うと。


「はー……」

たかだかコピー&ペースト中心の単純作業とはいえ、じっとディスプレイを眺めていると疲れてくる。目の奥が痛くなってきたので、目頭を揉《も》む。

余裕で終わるはずの仕事が暗礁《あんしょう》に乗り上げたのは、佐藤が紹介で雇ったバイトの子がたちの悪い夏風邪にかかり、欠員が出てしまったためだ。

それで伊吹の負担が一気に倍増した。

そういえば、もう午後二時近い。

遅い昼ご飯でも食べて、一息つくべきだろうか。

それとももう少し空腹のまま頑張って、早い夕食を食べてそれから夜食コースにすべきか。

そろそろ糖分を取らないと効率が落ちてきそうだし、迷ってしまう。

「疲れた?」

伊吹のため息を耳に留めたらしく理央が尋ねてきたので、「ちょっとだけ」と答える。

「じゃ、飯に行かない?」

このところ、忙しさを理由に理央とはあまり話をしていない。

彼はそれを納期が間近なせいだと解釈して納得しているらしく、食事に誘われるのは久しぶりだった。

「ご飯、ですか?」

「あれ、お腹空いてない?」

気乗りしない様子なのを見抜かれたらしい。

空腹だったけれど、理央と二人きりになりたくない。

ふとした拍子に自分の感情がだだ漏れになってしまいそうで、怖い。

そこから破滅に向けて、一直線になだれ込んでしまいそうで。

それを避けなくてはいけない。

昨日受け取った同窓会のメールが、ちくちくと棘《とげ》のように自分の心を刺し続けている。

好きな人を不快な目に遭わせたいなんて、到底思えないのに。

どうすれば折り合いをつけられるんだろう……。

「そうじゃなくて、あの……」

二人きりなのはしんどいし、何よりも懐が淋しい。しかし、下手な断り方をして嫌われてもいいと思えるほど、伊吹は剛胆にできていない。

「久々に晴れたし、おにぎり作って海に行こう」

意表を衝《つ》く提案だった。

おにぎりを買おうというのならまだわかるが、作ろうというのは意味不明だ。

「おにぎり？」

「うん、お米持ってきた。さっき炊きあがったところだよ」

ランチミーティングでないときは、炊飯器は好きに使っていいことになっている。しかし、伊吹にはここで米を炊くという発想がなかったのでびっくりしてしまった。

目を丸くする伊吹だったが、次第に米の炊ける匂いがしてきたように思えて鼻を動かす。

「でも、僕の分も……？」

「そ。忙しそうだったからね。多めに炊いたよ」

その厚意を受けていいか迷う伊吹に、理央は不安そうな目を向けてきた。

「もしかして海って気分じゃない？」

「い、いいえ！　嬉しいです」

海というのは引っかかるが、好きな人の誘いを拒めるわけがない。

断ればがっかりさせてしまうのがわかっていたから、尚更《なおさら》だ。

たとえこんなに複雑な心境であったとしても、それとこれは別だった。

「それなら、一緒に握ろうよ」

何だそれ、と思ったが、その誘い文句が面白くてつい、噴き出してしまう。

そのまま笑いが止まらずに肩を小刻みに震わせていると、理央が首を傾げた。

「え？　そこ、受けるところ？」

「すごく受けるところです」

真顔で返すと、彼は「参ったなあ」と破顔する。

こんな気分でいられるなら、きっと、ランチのあいだくらいはしのげるだろう。

頑張っている自分へのご褒美が、一つくらいあってもいいはずだ。

熱々のご飯でおにぎりを作るのは骨が折れて、キッチンを占領してしまう。

「伊吹くん、上手いね」

「野瀬さんのは俵型ですか？」

「あ！　具、忘れた……」

ぼそりとした呟きで、理央にしては珍しい失態が判明する。

「いいですよ、塩で十分です」

「たまには質素なのもいいか」

ともあれ四つの塩むすびを完成させて、二人はシェアオフィスを出発した。

理央持参のエコバッグに放り込んだおにぎりと、途中の自動販売機で買ったお茶のペットボトルを手にしてのんびりと歩いていく。

次第に強くなる潮の匂いと、波の音。

初めての、湘南《しょうなん》の海に緊張し、掌に汗が浮かんでくる。

伊吹はこちらに引っ越してから海を見たことがない。アパートは山の麓だし、高台に行くこともなかった。田舎《いなか》を思い出したくない一心で海を避けていたが、こうして理央と一緒なら海に行くのも怖くない気がした。

照り返しの厳しい路上で日蔭《ひかげ》を選んで進んでいるうちに、突然、視界が開けた。

「わあ……」

青い。

綺麗な、海だ。

これが太平洋……想像していたよりずっと穏やかで、光り輝いている。

シェアオフィスから砂浜まで近いのは当然知っていたが、歩いて十分程度とは思ってもみなかった。

海開きの前の海岸には、準備中の海の家がいくつも見える。あと三週間もすれば、ここはたくさんの海水浴客でにぎわうのだろう。

散歩中の犬が走り回り、フライングディスクをキャッチしている。

「えっとさ」

唐突に、理央が話しかけてきた。

「はい」

「まだ俺のこと友達と思えない？」

「……先輩でいいって言いましたよね…？」

「やっぱり、だめ。ちょっと距離を感じるからさ」

いつになく執拗《しつよう》な理央の態度に、どう答えたものかと伊吹は頭を悩ませる。

「……じゃあ、どうして友達扱いしてほしいんですか？」

「君に興味があるから」

「そういう言い方、やめてください」

そういうことを言われると浅ましくもいい結果を期待してしまいそうで、自分で自分が嫌になるからだ。

理央だけは、絶対にない。あり得ない相手だ。

この恋が成就する可能性は万に一つもない。諦めなくてはいけないんだ。

「ごめん。……今の、なし」

理央があからさまにしゅんとしたので、伊吹は複雑な気分になって俯いた。

傷つけたいわけではないのに、どうして信じてもらえないんだろう。

彼に不快感を与えたくないから、距離を置きたいというだけなのに。

沈黙していると、理央が塀際の日蔭ができた部分を見つけて指を指した。

「ここにしよう」

彼がエコバッグから新聞紙を取り出して、それを大きく広げて砂浜に敷く。四隅を砂で押さえた理央に、伊吹は「一枚ください」と頼んだ。

「何で？」

「それは……座りたいからです」

まさか立って食べろと言うつもりだろうか？

「ここに一緒に座ればいいじゃない？」

どうしてそうしないのかと言いたげな、気軽さ。

「………」

確かに新聞紙は男二人でも座れる大きさだが、そうすると距離が近くなりすぎる。しかし、ここで固辞すると理央を傷つける気がして、伊吹は何も言えなくなった。自分のせいで、理央に淋しそうな顔をさせたくはない。

これも一種の、惚れた弱みか。

「すみません」

「謝るくらいなら、ここ、座って」

「……はい」

「誰にでもパーソナルスペースってあると思うけど、伊吹くんはちょっと広すぎだよね」

「そうですか？」

「うん。一人が好きならあまり構わないけど、本当にそういうタイプだったら、シェアオフィスなんて借りないと思うんだ」

鋭い。

どこか淋しがりな伊吹の気持ちを、彼は的確に見抜いていたらしい。

でも、この恋心までは悟られていないはずだ。

「手、出して」

「え……」

意味がわからない。

「ほら」

「………………」

何をされるのかと緊張しきっておそるおそる右手を出した伊吹に、まだぬくいアルミホイルの塊が置かれた。

おにぎりだった。

「あったかいうちに食べよう。海苔《のり》も別に持ってきたから」

「……はい」

何となくほっとして、伊吹は受け取ったおにぎりに海苔を巻いた。

がぶりと齧りついたおにぎりは、塩加減もちょうどいい。

美味しい。

「どう?」

「美味しいです。それに……」

「ん?」

「外でご飯食べるなんて、久しぶりです」

伊吹の感想を耳にして、理央もひどく嬉しそうに笑う。

それが、心を風船のように浮き立たせた。

「これって遠足みたいだしね」

「そうなんです」

「いいね、こういうのも」

「はい!」

思わず声を弾ませると、理央は「気持ちいいよねえ、外」とゆったりした声で言った。

「伊吹くんは、海と山、どっちが好き?」

「海って、僕が知っているのは……もっと暗くて、荒れてるから、何だかこっちの海って穏やかな気がします」

「あ、北陸出身だったっけ?」

理央の問いに、伊吹は首を縦に振った。

「そうです」

「日本海側か。一度、能登《のと》半島をドライブで回ったことがあるけど、確かに暗い海って感じだったな。結構雨が多かったし」

「はい。祖父なんて、よく、『弁当忘れても傘忘れるな』って言っていました」

「それ、ことわざ？」

「みたいなものです」

実際、北陸は天気がころころ変わる。朝は快晴でも昼には大雨が降り、かなりの強さなのにさっと止んでしまって晴れ間が広がる——なんてことは、日常茶飯事だ。

「いいな。また、あの迫力のある海を見たくなってきた」

「…………」

見たくなんて、ない。

伊吹にとって故郷の海は、暗い思い出ばかりを呼び覚ます。

何も言えずにいる伊吹の感情を気取ったのか、理央はすぐに話を転じた。

「忙しくて最近さぼってるけど、山もいいよ」

「山？」

理央は山よりも海が似合う気がしていたので、つい、鸚鵡《おうむ》返しに聞いてしまう。

「そ。ハイキングとか、このあたりはいろいろコースがあるんだ」

確かに、天気のいい日にはバックパックを背負った人をたくさん見かける。

「僕のアパートの裏も、ハイキングコースみたいです」

「ああ、楓《かえで》が谷《やつ》だっけ。どこのコース？」

「すみません、行ったことないので……わからないです」

「いいね。そのうち、一緒に行こうよ。短いコースなら、夏でも平気だし」

答えられない。

言葉に詰まると、「仕事場のみんなでさ」と彼が楽しげにつけ足した。

「あ、そう、ですね」

何を期待してるんだ。

二人きりなんて、あるわけがないのに。

なのに、理央の言葉や一挙一動が甘酸っぱくて、何だか胸がざわめいて。

どうせ叶《かな》うはずのない恋なんだから、気づかれないように上手くやっていれば、このままでいられるのだろうか。

期待さえしなければ、相手を思うことは自由なのかもしれない。

だけど、この気持ちは時限爆弾みたいなものだ。

爆発した瞬間に、理央に嫌われるのは目に見えている。

抱え込んだまま離せない、どうしようもないお荷物だった。

# 5

『湘南《しょうなん》ハッカソン開催。参加者募集中』

メールマガジンに書かれた文字をぼんやり見ながら、伊吹《いぶき》は頬杖《ほおづえ》を突く。

ハッカソンというのはハック＋マラソンを合成した言葉で、プログラマーやグラフィックデザイナー、プロジェクトマネージャーなどが集中的に共同作業するイベント——というのがWｅｂで調べた受け売りだ。今回の湘南ハッカソンとやらも、一泊二日で企業の保養所に泊まり込んで話し合いをし、参加費は一万円なのだとか。

この期間内で面白いアイディアを募り、できればプロジェクトとして実現させようということらしかった。

参加してみたいけれど、伊吹にはスキルもアイディアもない。おまけに先立つものもないし、口下手な自分には知らない人とチームを組むのは荷が重い。

「…………」

いつも以上に、発想がネガティブになってしまっていて気合いが入らない。

じめじめとした天気のうえにここ数日は妙に肌寒く、職場ではエアコンは除湿モードでフル稼働している。伊吹はしまい込んでいた春物を引っ張り出し、長袖《ながそで》Tシャツを着込んでいた。

この時期に服装に迷うのは、スーツを着なくなったせいだろう。

会社を辞めてから、もう四か月経つんだ……。

ぽんと音がしてメーラーが立ち上がったので確認すると、メーリングリストにお知らせが入っていた。

『バレーボール参加者募集』

発案者は理央《りお》で、近くの市民体育館を借りて皆で交流しようというものだった。

バレーボールもまったく得意ではないけれど、バスケよりはハードルが低い。参加するのもいい気分転換になるかもしれない。

とはいえ、チームプレイで足を引っ張るのは、目も当てられないし。

どうしようかと迷っていると、理央が「伊吹くん」と近づいてきた。

相変わらず、純度の高い――眩しすぎる笑顔。

目を逸らしたくなるのに、逸らせない。

「今度の運動部の活動、バスケのコート取り損ねたから、次はバレーボールするんだけど、メール届いた？」

いつの間にか、運動部という通称になっていたらしい。

「あ、はい」

「スポーツは苦手？　今、梅雨時でハイキング行けないから、この企画考えてみたんだけど
……」

「う」

自分のために企画してくれたと匂わされると、下手に断れない。口籠もった末に、伊吹は
「考えておきます」と掠《かす》れた声で答えた。

「よかった！　俺、バレーボール苦手なんで、パスとか繫がらなそうで心配なんだけどさ」

「野瀬《のせ》さんにも苦手なことあるんですか？」

「あるある」

もちろん引っ込み思案な伊吹を引っ張り出すためのリップサービスかもしれないけれど、
何となくほっとした。それに、よく考えたら理央が伊吹にそこまで気を遣う必要もないし、
本当のことに違いないと思い直す。

「暇なら考えておいて」

「はい」

返事を決める前に、とりあえずお茶でも淹れて気持ちを静めようと思い立った。

一台しかない電気湯沸かし器はほかのメンバーが使用中で、給湯室でお湯が沸くのをぼんやりと待っていると、建築士の雅子《まさこ》が伸びをしながらやって来た。

「ねえねえ、伊吹くん」

「はい」

理央に感化されたらしく、オフィスの皆は少しずつ伊吹を名前で呼ぶようになっていた。雅子もその一人で、職業柄いろいろな人に会うせいか、かなり人懐っこいタイプのようだ。仕事で使うアンケートに協力したところ、彼女は折に触れて伊吹に話しかけてくるようになった。

もっとも、彼女の目当ては伊吹ではなく理央らしい。このあいだも、雅子がいないときのランチミーティングでそんな話題がちらっと出たが、当の理央は「そうかなあ」とさらりと流してしまった。

「最近、理央さんとよく出かけてるじゃない」

「えっと、たまにお昼、一緒になるから」

「いいなー。今度、私も声、かけてよ」

「…あ、はい」

本当は女性は苦手なので雅子にも声をかけたくはなかったが、ここで断るとかえって変に思われてしまいそうだ。

「もちろん、入り込む余地がないっていうならやめておくけど」

冗談めかした口調だった。

「入り込む余地？」

「なんか二人とも仲良すぎてつき合ってるみたいなんだもん」

「や、やめてください、そういう冗談」

思わず鋭い声になってしまい、皆の視線がぱっと自分に集中する。

「ごめんごめん、伊吹くん、こういうのネタにされるの苦手っぽいもんね」

わかっているなら言わないでほしい。

そうふて腐れるよりも先に、自分の中から理央への好意が溢《あふ》れ出ているのではないかと思うと、不安になってくる。

あのときの二の舞は、嫌だ。

理央への感情が漏れ出してしまえば、皆に嫌な思いをさせて、いづらくなって……そうすれば、もう、ここにはいられなくなってしまう。

それだけは、避けたい。

デスクに戻った伊吹は、理央に悪いと思いつつもバレーボールは不参加と入力した。

「伊吹くん、飯、行かない？」

理央に話しかけられて、伊吹は一瞬だけディスプレイから目を外して理央に目礼したあと、すぐに視線を落とした。

「いえ、僕……今日はいいです」

「また？　何で？」

また、というのは、バレーボールだけではなく、理央からの誘いを三、四回続けざまに断っていることに起因しているのだろう。

理央は回数を数えていないだろうが、それでも、何だかおかしいと感じているらしい。気のせいかもしれないけれど、彼の顔が曇っている。

「この仕事終わらせちゃいたいんで」

「でも、ずっとやってるでしょ。根を詰めてばかりだと能率下がるよ」

「今、あの……金欠で」

「金欠？」

「お昼、買ってきたんです。これ」

伊吹が前もって買ってあったカップラーメンのパッケージを見せると、理央はそこで「ああ」と少しだけ表情を緩めた。

「それもいいけど、野菜もちゃんと摂ってね」

「はい」

「理央さん、私お昼行きたい」

「私も！」

女性陣を中心に奏《かなで》や横溝《よこみぞ》もばらばらと立候補してきたので、理央は「じゃあ、一緒に行こうか」とやっと伊吹から話題を逸らしてくれた。

五人……いや、六人もいると、入れる店はあるだろうか。

ほっとしたような、淋しいような……そんな矛盾した、感覚。

でも、理央のことは見ているだけでいいって決めたのだ。

だから、深追いはしない。遠くから見守るだけで諦める。

手早く作ったカップラーメンを啜《すす》ってから再び仕事に向かうと、階段のほうから人の話し声がしてくる。

ドアががちゃりと開いて、理央たち全員が外から戻ってきたところだった。

「ただいま」

「お疲れ様でーす」

佐藤《さとう》が声をかける。

このシェアオフィスでは、だいたい誰かが入ってくると「お疲れ様です」と声をかけるのが通例だ。それが朝だけは「おはようございます」になる。

「紫陽花《あじさい》のせいで観光客多くて、どこもご飯、混んでるの。時間ずらせばよかった」

「ねえ」

そんなことを口々に言いつつ、戻ってきたメンバーが席に着く。

理央はつかつかと歩み寄ってきて、伊吹の前で身を屈めた。

「伊吹くん、はい」

「え？」

「お土産《みやげ》」

にこっと笑った理央が、茶色いハトロン紙の袋を差し出す。小さな紙袋を受け取った刹那《せつな》、彼の手が伊吹の指に触れた。

それだけでびっくりして袋を取り落としそうになったが、焦りをぐっと堪《こら》える。

いちいち気にしていたら、それこそキリがない。

「これは？」

「ドーナッツ。ちょうど揚げたてだったから、買ってきた。あったかいうちに食べて」

予想外のお土産に、嬉しくなって口許がふわっと緩む。

「ありがとうございます！」

少し物足りない気分だったので、素直に気持ちが弾んだ。

「伊吹くんも初めてデレが来たね」

「デレ？」

「何かがおかしいときとかお愛想とかじゃなくて笑うところ、初めて見た気がする」

理央の指摘に、伊吹は驚かざるを得なかった。

そんな細かいところまで見てくれていたのかと思うと、無性に照れてしまって。

「それ、最初に買おうって言ったのは奏くんだから」

「えっ？」

「最近元気ないから買うって」

「……そういうこと勝手に言わないでくれますか」

がたんと立ち上がってこちらを振り返った奏は、きつい目で理央を睨む。

「あら、こっちもデレてるわ」

「やっとデレたね」

女性陣や佐藤にからかわれて、奏はみるみるうちに耳まで真っ赤になった。

「早く食べないと。奏くんの真心が籠もってるから」

「お金出したのは理央さんでしょ」

「まあそうだけど、気持ち的には皆で買ったものだよ」

「奏さんも、ありがとうございます」

「いいから食べないと、冷めますよ」

ぶっきらぼうな口調だけど、それが冷たく感じない。

ほんとにツンデレなんだ……。

指先を焦がしそうなくらいに熱々のドーナッツを齧ると、その甘みがじわっと口いっぱいに広がる。

熱くて、甘くて、心を安らがせる味わいは、どこか理央の存在に似ている気がした。

ここが、自分の居場所だ。大切な場所なのだ。

長いあいだ見つけられなかった安らぎを、ここでなら得られる気がする。

だから、ここにいづらくなるのが怖かったんだ。やっとそれがわかった。

それならば、絶対にぼろを出してはいけない。

理央を好きな気持ちが漏れてしまったら、ここにはいられなくなってしまう。そんな事態だけは避けるべく、しっかりしなくては。

固い決意を胸に秘めた伊吹は、ドーナッツを呑み込んだ。

このまま恋心すら咀嚼《そしゃく》し、砕いて丸呑みして、なかったことにしてしまいたかった。


午後六時過ぎ。

雨が止んだのを機に、シェアオフィスからはばらばらと人の姿が減っていく。

今日は一日ずっと雨が降っていて、部屋の電気を点《つ》けておかなくてはいけなかった。気がつくと、残っているのは伊吹と理央の二人だけだ。

少しばかりの気まずさに、伊吹は困惑した。

「伊吹くん、飲みにいかない？」

「……え」

さすがにこのリアクションはまずいかもしれないと思い、とっさに口を噤《つぐ》む。

いかにも嫌そうな反応をしてしまった。

本当は嬉しいけれど、それにプラスしてどうしようもない戸惑いもあったからだ。

「俺の頼んだ仕事、終わったでしょ。お礼兼お祝い」

佐藤の仕事が何とか期間内に終わったあとは、理央に『ギルド』のメンテナンスの一環として簡単な英訳を頼まれた。すぐにできるかと思ってやり始めたが、微妙な言い回しに骨が折れて、二日がかりでやっとさっき納品したところだ。

「でも」

「一日で終わるって頼んだのに、二日かかっちゃったじゃない。だから、ねぎらいたいんだ」

そう言われると、拒絶できない。

……ずるい。

呆気《あっけ》なく逃げ道を塞《ふさ》がれたけれど、理央はその意識もないのだろうか？

「いいですけど、お金あんまりないです」

伊吹なりの、最後の抵抗だった。

「俺の奢りに決まってるでしょ」

「けど、仕事斡旋してもらったのに、そこまで甘えられません」

「出世払いしてもらうし、俺もそこまでいい店で奢れないから安心して。チェーンの居酒屋は行かないけど、それよりちょっといいレベルだから」

理央と出かけられる単純な喜びと、それから、どうやって振る舞えばいいのかわからないという戸惑い。

その二つに襲われて、伊吹は顔を俯けた。

今日の夕飯の心配をしなくてもいいのは有り難いが、そんなことよりも、理央の前で自然に振る舞えるかのほうが大問題だった。

とはいえ、ここ最近はずっとランチを断り続けているし、これ以上拒否するのは角が立つ。

こんなことなら、ガス抜きで一度くらい食事をしておくんだった……。

二人きりの飲みなんて、緊張で胃がおかしくなりそうだ。

「じゃあ、ご馳走《ちそう》になります」

「よし。今から行ける?」

渋々同意した伊吹の気が変わるのを阻《はば》むかのように、彼の行動は迅速だった。

気圧された伊吹が頷いてしまうと、荷物をまとめるように指示される。そこからは、てきぱきと動いていつの間にか二人でシェアオフィスを後にしていた。

理央が選んだのは、観光客が入らないような路地にある、こぢんまりとした飲み屋だった。いかにも地元の気楽な飲み屋という様子で、壁にはメニューを書いた紙が所狭しと貼られている。

「何がいい？」

「ええと……それなら、お刺身食べたいです」

海に近い土地柄、近海ものの魚が美味しいことは知っている。けれども、一人暮らしではスーパーのできあいの刺身も高くて手が出なかった。

「もちろん。ここは刺身がお勧めだし……あ、そうか、一人だと刺身って難しいよね」

「そうなんです」

伯父との食事は刺身や魚介類が出てくるが、最近では彼と食卓を囲むのはせいぜい十日に一度くらいだ。

「じゃあ刺身の盛り合わせと、本日の煮魚、地元野菜のサラダ。茄子《なす》の煮浸しでどう？」

「お任せします」

伊吹の堅苦しい言葉に、彼は小さくため息をついた。

「戻っちゃったねぇ」

どこか苦々しい理央の言葉に、伊吹は無言で首を傾げる。

「態度。入ったばかりのころに戻った感じ。何かあった？」

「いえ……何も」

そこまで見え透いていたろうかといろいろな局面を思い返してみると、確かに、かなりあからさますぎたかもしれない。

だから、理央は自分を誘ったのだろうか。

「ごめんごめん。それで仕事のことなんだけどさ」

じつにさりげなく、理央が話を変える。

気を遣われているのがよくわかったが、有り難くその話題転換に乗ることにした。

「はい」

「じつは友達から緊急案件って感じで頼まれてて。よかったら明日からヘルプ入ってくれないかな」

「本当ですか？」

仕事を挟めばよけいなことは考えないので、それは嬉しい。

「もし予定があるなら、メーリングリストで誰か探すけど」

「いえ、ものすごく暇なんで有り難いです」

理央の目から見ても伊吹は暇そうだろうに、いちいち聞いてくれるところが彼らしかった。

「よかった。じゃ、今日の飲みは景気づけも兼ねてだな」

仕事のための飲みと割り切れば、きっと何とかなる。

せめて食事のあいだくらいは、ぼろが出ませんように。

「お待たせしました、刺身の盛り合わせです」

祈るような気持ちの伊吹の前に、店員が大皿に盛りつけた刺身を運んでくる。

「どうも」

「ここから時計回りに、鯖《さば》、ヒラマサ、鰯《いわし》、タコ……全部地のものです」

刺身の盛り合わせは、さすがに漁港が近いだけあって新鮮そのものだった。

きらきら光る魚に、自《おの》ずと食欲が刺激される。

故郷の町は魚介類がとても美味しかったことを思い出すと、不意に、郷愁のようなものが胸を過《よ》ぎった。

「美味しいですね、これ！」

それを忘れようと、伊吹はわざとはしゃいだ声を上げる。

「………」

ぽかんとした顔で彼が自分を見つめるので、伊吹はばつが悪くなった。

「な、何か変なこと言いましたか？」

「いや、君から話しかけてくれたのは初めてだなって」

「……あ」

今度こそ頬が真っ赤になってくるのを感じてしまう。

そんなことを理央が気にしていたとは、とても意外だった。


渋っていた気持ちが嘘のように、二人きりの飲み会は楽しかった。

朝方は雨で自転車には乗らずにシェアオフィスへ向かったので、帰り道は徒歩だった。

アルコールの効果もあって足許はふらついていたが、理央に気安い態度を取らないくらいの理性は残っている。

「ねえ」

どことなく緊張している伊吹に、理央が話しかけてくる。

「はい」

「あのさ、やっぱり避けてるよね」

「……え?」

「避けてるでしょ、俺のこと」

聞いていなかったふりをしてやり過ごそうとしたが、彼が重ねて尋ねてきたので、答えざるを得なくなり困ってしまう。

「すみません」

「やっぱ、思い過ごしじゃなかったんだ」

ため息に紛れて、理央が言う。

その声がひどく落ち込んだもののように聞こえたので、心臓がぎゅっと締めつけられるように痛くなった。

「すみません」

「いや、そんなに謝らなくていいから……理由、教えてもらえないかな」

「え」

足がずしりと重くなり、歩く速度ががくんと遅くなった。

早くあの曲がり角に行かなくては、言いたくもないことを白状する羽目になる。

でも、足が思うように進まない。

「君がシェアオフィスに入ってきてくれて、嬉しかったから……つい、構っちゃったんだ。それがうざかったら悪いことをした。君には君のペースがあるのに……」

反省しきりという風情の理央は見るからに落ち込んでいて、こんな彼を目《ま》の当たりにするのは初めてだった。

困る。こんな顔をされると、尋常じゃなく胸が痛い……。

伊吹はすっかり狼狽してしまっていた。

「野瀬さんこそ、謝らなくていいです」

「じゃあ、わけを教えてくれる？」

「…………」

どうしよう。

酔っ払っているせいでふわふわになったシフォンケーキみたいな頭で何かを考えようとしても、まともな答えは出てこない。

いっそのこと、言ってしまってもいいのだろうか。

——本当のことを。

どうせ当たれば砕けるのは目に見えているのだ。

理央だったら上手くオブラートにくるんで、伊吹が失恋しても適当に接してくれるのではないか。

「引くと思います」

掠れた声で、伊吹はそう口にした。

この言葉を発してしまえば、最早、あとには引けない。ごまかしが利かなかった。

「何が？」

理央の口調も顔つきも屈託がない。これが自分のせいですぐに曇るのだと思うと、申し訳なさに胸が疼《うず》いた。

「僕が、避けてる理由……聞いたら」

そう言った伊吹は、ぶるっと躰を震わせる。

寒いはずなんてないのに、武者震いだろうか。

「それは、中身を聞いてみないとわからないよ」

穏やかな理央の声が、伊吹の背中を押した。

「……好きなんです」

「俺を？」

理央は妙なところで察しがよかった。

「はい」

また、沈黙。

気まずい……。

「そうなんだ……。びっくりしたな。でも、俺のどこがいいわけ？」

さらっとした口調で、真意が通じてないのだろうかと不安になってしまう。

「え？　あ、それは……その……」

まさかそう返されるとは思わず、途端に伊吹はしどろもどろになった。

「もしかして、本人には言えない？」

「言えます。いっぱいありすぎて……ええと、優しいところ、とか……面倒見がいいところとか……」

ありすぎて口に出せない。

心臓はばくばくして耳鳴りは酷《ひど》いし、もう、自分が何を言っているのかさえわからなかった。

「優しいって褒めてくれるのは嬉しいけど、それは君も同じじゃない？」

「僕のは、ただの……かたちだけのものです」

「そうかなあ。俺から見れば、君のほうがいいところをたくさん持ってるよ。責任感があるし、愚痴は絶対言わないし、努力家だし」

「……そ、それはいいんです」

「褒められるの苦手なのも、奥ゆかしくて可愛いよね」

「と、とにかく、僕は、そのせいで避けてました」

いきなり自分のことを持ち出されてパニックになり、伊吹は口早に用件をまとめた。

「それって逆じゃない？　好きな相手の気を引こうとか思わないの？」

理央は穏やかな口調の割に、内容は厳しく突っ込んでくる。

「気なんて、引けるわけないです」

「どうして？」

「だって、僕なんかが野瀬さんを好きになっても、絶対上手くいかないってわかってるから」

伊吹の言葉を耳にして、彼が眉を顰《ひそ》めるのが月明かりの下でもわかった。

「――よくないな」

「へ？」

間抜けな声が漏れてしまう。

それって、告白自体がだめってことか？

そんなことは百も承知なんだから、あえて言わないでほしかった。

「本人に聞いてみないで、どうして答えを決めつけるの？」

「じゃあ、僕のこと好きになるんですか？」

追及されるのに嫌気が差して、つい、挑戦的な口の利き方になる。

「それは……わからない」

「でしょう。だったらそういうふうに言うの、無責任ですよ」

恥ずかしさと悔しさから、攻撃的な言葉遣いは止まらなかった。

すると、理央がすっと右手を挙げた。

「ちょっと待って」

「え？」

「ちょっと、思いついたことがあるんだ。でも、本当に思いつきだし、デリケートな内容だから、一度言ったら引っ込めるわけにもいかない。今は言いたくない……っていうか言えないから、少し、待ってくれる？」

「………」

振られる以外の選択肢しかないのに、いったい、何を待てというのか。

だが、そこまで追及してしまうことは伊吹の性格上は絶対にできなかったし、勇気もない。

結局、押し黙ったまま、駅で彼と別れた。

どうして言っちゃったんだろう。

こんなこと口にすべきではなかったのに。

ぐるぐると考え込む気持ちと、アルコールが渾然《こんぜん》一体となっている。

今、考えても無意味だ。

重い足取りで何とかアパートに辿り着いた伊吹は、布団に倒れ込み、それきり気を失ったように寝てしまった。


目を覚ますと、もう昼過ぎだった。

「うわ……」

やばい。

慌てて躰を起こし、もう一度時計を確かめる。

呆然と布団に座り込んだまま、ふらりと頭を振る。

確か、理央が新しい仕事を振ってくれると言っていたはずだ。

昨晩はアルコールはさほど飲んでいなかったので二日酔いの兆候はないものの、心理的な疲労のせいか躰が重い。

倦怠感《けんたい》がひどかった。

理央と顔を合わせるのは嫌だけれど、仕事の話がある以上は会わないわけにもいかない。

我ながら、最悪なタイミングで告白してしまった。

更に間の悪いことに、オフィスの裏で自転車を停めているときに、理央が姿を見せたのだ。

足音だけで、理央が近づいてくるのはわかってしまう。

「伊吹くん」

無理だ。彼を直視できない。

嫌われたのがわかっているのに、どうして今までどおりに接することができるだろう。

「……おはようございます……」

ぼそりと言うと、理央は人懐っこく「今、出勤？」と聞いてきた。

昨日のことなんてまるで気にしていないような素振りに、正直、戸惑う。

告白そのものを流されたのか。それとも、理央なりの配慮なのか。

どちらにしたって、昨日のうちに色よい返事が来なかったのだから、上手くいきっこないのは目に見えているのに。

「はい」

「俺も。昨日はちょっと飲みすぎたみたいでさ」

飲みすぎたという言葉と共に、あの不格好な告白も忘れ去られるのであれば、それはそれで有り難い。

あとはただ、自分の恋心が消えていくのを見ていればいいからだ。

「すみません、せっかく仕事紹介してくれるって話だったのに、遅刻しちゃって」

「いいよ、厳密に時間まで約束したわけじゃないし。仕事についてはあとで説明するから、今はちょっと散歩しない？」

「散歩？」

「うん、着いたばっかりで悪いけど」

「……はい」

どうやら理央は、昨晩の告白を忘れていなかったらしい。

拒絶できない、気弱な自分が恨めしい。

本当は嫌だったけれど、種を蒔《ま》いてしまったのは伊吹なので仕方がない。

生まれてこの方、理央は他人に強く出たことがない。逆ギレといえば実家を出てきたときくらいで、常に自分の気持ちを押し殺していた。

「いこ」

無言のまま暗い面持ちで理央のあとをついていくと、彼は一本道を曲がって裏通りへ入る。地元の住民しか使わないような道で、伊吹もこのルートは初めてだった。

「どこへ？」

「この辺、お寺多いし、たまには観光もいいかなって」

「観光客みたいですね」

「言えてる」

何がおかしいのか、彼は笑いながら頷く。

「仕事場借りたばっかりのころ、よくこのあたりを探検したよ。ガイドブックにも載ってないようなお寺とか、結構多くて」

理央が鳥居をふらっと潜ったので、そこが目的地なのかと伊吹は慌ててついていく。実家の庭よりもずっと小さな神社で、色の剝《は》げた赤い鳥居とちんまりしたお社《やしろ》しかない。そこにたたずんだ彼は、「昨日のことだけど」といきなり切り出した。

……来た。

どうせ、爽やかに「ごめん」と謝られるのはわかっている。末路は目に見えているのに、聞かなくてはいけないというのは拷問《ごうもん》に近い。

「……はい」

緊張から、唇の端にきゅっと力が籠もる。

おかげで笑みさえ作れなかった。

「君さえよければ、お試しでつき合ってくれない？」

「は？」

依頼のかたちを取ったそれは、まさに青天の霹靂《へきれき》。

考えてもみなかった提案だった。

「お試しって言葉、あんまりよくないかもしれないけど……俺が彼氏に相応《ふさわ》しいか、よければ試してほしいんだ」

ちょっと待って。意味不明なのにもほどがある。

伊吹は陸《おか》に打ち上げられた魚のように無様に口をぱくぱくとさせて、やっと出たのは「普通、逆じゃないですか？」という無難な一言だった。

「ん？　そうかな？」

「だって、告ったのは僕だし」

それを考えると、理央が伊吹を試すのではないだろうか。

「俺は伊吹くんのこと、すごくいい子だって思ってるよ。でも、君は俺のことを好きだって思って、目にかなりフィルターかかってるよね？　深入りしてからこんなはずじゃなかったって思っても、君は優しいから言い出せないかもしれない。でも、お試しなら気軽にやめられる」

「…………」

信じられなかった。

どうしてそんな、優しくも残酷な提案ができるのだろう。

お試しでつき合ってみて、理央が自分を嫌いになる可能性だってあるのに。

「昨日そう思ったんだけど、酔っ払ってるだけかもしれない。それで頭を冷やして、今朝、もう一度考えたんだ」

それでも一応、彼の言葉は筋が通っている……ような、気がする。

「それって、お互いにやっていけそうだったら、本物の恋人になるってこと？」

「当然でしょ。そのためのお試しだからね」

伊吹にとっては、願ってもない好条件だった。

「俺の中にもいろいろな気持ちがある。君のことは可愛いと思うし、好奇心だってある。だから、どうすれば誠実になれるか考えて、結論を出したんだ」

今、何か、違和感のある言葉を拾い出したような気がした。

だが、それが何なのかは伊吹にもわからない。

理央が流れるように言葉を紡いでいくからだ。

「嘘をつかない証拠に、この場所にした。神様が見てるところだから、自分の気持ちを偽ったりできない」

普段は穏やかな笑顔ばかり見せるくせに、今の理央は真剣そのものだ。

本当に、ずるい。

逃げ道を、また一つ塞がれた。

「だから、君も正直になってほしい。嫌なら嫌だって言ってくれれば」

「それは……」

「俺とつき合いたくない？　好きって、ただ、遠くから見てるだけでいいって意味？」

真顔になったままの理央が畳《たた》みかけてきたので、伊吹はますます口籠もった。

「彼女、いないんですか？」

「君とつき合おうっていう話をしてるのに、いると思う？」

確かに正論だった。

「ごめんなさい。でも……僕…誰かとつき合ったこと、なくて」

「え？」

「好きな人とつき合ったこと、ないです。だから……その、いろいろとよく……わからない……」

ごにょごにょと呟いた伊吹を見下ろす気配がしたので上目遣いに彼を見上げると、理央は驚くほど優しい顔で笑っていた。

「告白したことは？」

「……一回だけ。それも、玉砕しました」

「それなら、よけい頑張らないといけないな」

「何を？」

「君の初めての彼氏になれるなら、できるだけがっかりさせないようにする」

目を丸くする伊吹に、「それで、返事は？」と理央はじつに爽快に追いかけてくる。

ここまで言われて、嫌だと言える人がいるわけがない。

「じゃあ、それで……」

「OK。なら、最初は三か月。それでどうかな？」

「はい」

長すぎる気がしたけれど、毎日顔を合わせるわけではないので、ちょうどいいかもしれない。

こうして伊吹は、理央という彼氏（仮）を手に入れたのだ。

# 6

衝撃の展開の翌日。

お試し彼氏という不可解な言葉を舌先で転がし、パソコンに向かう伊吹《いぶき》は首を傾《かし》げる。

仕事場と同じように試用期間があるというのは、何となく機械的に扱われているようだ。

だけどそれに腹が立たないのは、相手が理央《りお》だからだろう。

彼には何か、失言さえも許せてしまいそうな人徳がある。

「伊吹くん」

キーボードに手を置いたまま悶々《もんもん》と動かすこともしない伊吹に、理央が呼びかけてくる。

「あ、はい」

「明日暇？」

「暇、ですけど……」

「じゃあ、どっか行こうよ」

「どこかって……どこに？」

「デート」

理央の言葉に頭が真っ白になりかけたものの、つき合うのなら当たり前のことだ。

「は、はい」

とはいえ、あまりお金がかかるデートだったら、この先は緊縮財政を試みないと。

そう考えてから、好きな人とデートできるのに、先にお金のことを考えてしまう自分の情けない境遇に滅入《めい》ってきた。

貧乏は人をだめにすると思うけど、本当だ。

「前も話したけど、ハイキングとかどう？」

「……いいです」

「それって嫌って意味？　嬉《うれ》しいって意味？」

「嬉しいし、なおかつ有り難いです」

「有り難いって？」

理央が不思議そうな顔になり、小首を傾げる。

そうすると理央の髪が、折しもブラインドの隙間《すきま》から入り込む陽射《ひざ》しに透けて、とても淡い色味に見えるのだ。

「ほら、お金かからないし」

「……ああ！」

彼はぷっと噴き出した。

「そうだよね。確かにお金を遣うのもいいけど、遣わなくても楽しいことっていっぱいあるよ。好きな人と一緒なら、それだけでうきうきしない？」

にこやかに笑う理央の清澄な雰囲気に押されるように、伊吹はこくりと頷《うなず》いていた。

理央のそういう価値観が、好きだ。

話をすればするほど、ううん、ただ一緒にいるだけで、加速度的に彼を好きになっていく。つくづく罪深い人だ。

これくらいの会話ならば、仕事場でしたっておかしくはないだろう。不意に視線を感じた伊吹は、奏《かなで》と目が合ってしまってはっとする。

彼は何か言いたげな顔になったあとに目を伏せ、それから再びディスプレイを覗《のぞ》き込む。

それからはいつもと変わりなかったが、そのときの奏のもの言いたげな様子がなぜかひどく気がかりだった。


待ち合わせ場所になったのは、最寄り駅の隣駅の改札口だ。

週末で人出も多いせいか、普段は一つだけだという改札口は臨時のほうまで開けており、漠然と「改札で」という待ち合わせの指定だったために伊吹はさっそくまごついた。

どちらに行けばいいんだろう？

ハイキングコースは臨時改札口のほうが近いけれど、普段の改札口のほうがいいのではないか。迷ってしまって我ながら挙動不審なほどにうろうろしていると、「伊吹くん」とやわらかな声で呼びかけられた。

「理央さん」

ほっとして伊吹が口許《くちもと》を緩めると、理央は一瞬目を瞠《みは》り、破顔する。

「な、何ですか？」

「理央って、初めて名前で呼んでくれた」

「あっ、すみません！」

しまった。いきなり、馴《な》れ馴れしすぎた。

心の中では彼のことを理央と下の名前で認識していたせいもあるのだが、つい、気が緩んで口走ってしまったのだ。

浮かれていい気になっているみたいで恥ずかしくて、穴があったら今すぐにでも飛び込みたいくらいだった。

「いいよ、嬉しいから」

「でも」

「せっかくつき合ってるんだから。よそよそしいほうが淋《さび》しいよ。それより、行こう」

「……はい」

つき合っているという言葉に、どっと緊張が増した。

理央はいつものようにカジュアルな格好だが、スニーカーは割とがっちりしたものを履いている。

伊吹も一応、吸湿性と速乾性の高いスポーツタイプのTシャツにコットンパンツというういでたちだったが、スニーカーはいつもと同じだ。

「こっち」

理央はすいと歩きだし、伊吹を導いてくれる。

「あの……」

「ん?」

「よく来るんですか?」

このあいだ、伊吹から初めて話しかけたと言われていたのが何となく気になっていて、今日はなるべく自分からも会話をしようと心に決めている。

「そんなに来ないけど、一応、遠足コースだったから」

「そっか。り…理央さんの地元でしたね」

改めて理央さんと口にすると、照れくさくてたまらなかった。

でも、彼が嬉しそうに「うん！」と弾んだ声で返事をしてくれたので、それだけで幸せな気分になってしまう。

我ながら、単純すぎる。

「この辺は昔から変わってないよ。もしかしたら、住人や家は少しは入れ替わってるかもしれないけど、大規模な開発もないし」

「景観条例とかあるからですよね」

「そうだけど、それだけじゃない」

理央はこくりと頷く。

「このあたりって、ちょっと不便だろう？　それが静かで住みやすいっていう人もいれば、我慢できなくて引っ越しちゃう人もいる。でも、俺にとってはすごく魅力的なところでさ」

「はい」

「あのオフィスのオーナーも、そういう人なんだ」

「オーナー？」

そういえば、管理人は佐藤《さとう》だけれども、オフィスが誰の持ち物かは考えたことがなかった。

「うん、まだ会ってないと思うけど……源《みなもと》さんって人」

「ミナモトって、やっぱり源氏だからですか？」

まさかそんなことはないよなと思いつつも、この地に住んでいる以上は、源頼朝《みなもとのよりとも》とか牛《うし》若丸《わかまる》とか、そういう名前に親しみを覚えてしまう。

それを耳にして、理央はふわっと笑った。

「地元の人だから、そうかもね。次に顔を合わせたら、聞いてみよう。いつになるかわからないけど」

「ちょっと知りたいです」

「俺も俄然《がぜん》、興味が出てきた。採算度外視でシェアオフィスを運営するあたり、すごい人だよね」

「それであんなに安いんですね」

楽しそうな理央の様子を見ていると、さっきから緊張しきっている自分が馬鹿《ばか》みたいに思えてくる。

坂を登り切ると山道になり、やがて、ハイキングコースと書かれた看板が見えてくる。

どうやら、ここからハイキングコースへ合流するようだ。

気づくと道はアスファルトではなく、未舗装の地面になっている。

靴底に感じる土の感触が、気持ちいい。

「行こう」

「はい」

山道を歩くので心配していたが、コースは予想していたよりもなだらかで、少しずつ息が整ってくる。だいぶ湿っているらしくぬかるんだ部分もあり、伊吹は顔をしかめた。

「理科の授業で、関東ローム層って習った?」

「あ、はい」

「この赤い土はそれらしいんだ。粘土質だから水はけが悪くてなかなか乾かない……らしい」

「知りませんでした」

関東地方をよく知らない伊吹には、驚くべき事実だった。

「まあ、兄貴の受け売りだから、嘘《うそ》かもしれないけど。でも、ズボンとか汚れたらなかなか落ちないのは本当だから、気をつけて」

「はい。もし本当に関東ローム層なら、すごく面白いですね。教科書にあったことが、実際にわかるなんて」

「うん……ほら。あそこ、展望台だから行ってみよう」

展望台と言われたところは、十メートルくらい下りたところにあるようだ。

鬱蒼《うっそう》と茂った木々のあいだを縫ってそちらに向かい、眼下の光景を見下ろす。

「わあ……」

思わず息を詰めたのは、美しい紺碧《こんぺき》に心を打たれたせいだ。

間近で見るのとはまた違う、鮮烈な青。

「そこに見えてるのが相模湾《さがみわん》で、あの右のほうが江《え》の島《しま》」

「江の島、行ったことないです」

「ほんと？　意外と引きこもってるんだね。なら、今度、一緒に行こう」

「はい」

何も考えずに頷いてから、その台詞《せりふ》を吟味して、思わず頬《ほお》を染める。

……そっか。

次もあるんだ。今日だけじゃ……なくて。

「地元の…北陸の海とは違う？」

「全然、違います。眩《まぶ》しくて、綺麗で……夏はこれくらいの凪《な》いだ海にもなって、もちろん泳げるんですけど」

冬の北陸の海は灰色で、海鳴りがごうごうと耳を突き刺す。

それに、あの雷。

冬の雷はまるで、空から大きなものを落としたかのように響き渡る。

最近は温暖化のせいかあまり雪が降らなくなったとはいえ、それでも、圧迫感のあるあの町が嫌だった。

閉ざされた町と比べて、この青い海はなんて開放的で鮮やかなんだろう。

自《おの》ずと唇が綻《ほころ》び、躰《からだ》の力が抜けていく。

遠くから、鳥の鳴き声。梢《こずえ》を風が走る音。

まるで、海と空と山と、自分が一体になるみたいだ……。

ただただ海に見入っていた伊吹は、不意に、真横からの視線に気づいてそちらを向いた。

理央は海ではなく、伊吹をじっと見ていた。

「あ、の……？」

途端に、頬が熱く火照《ほて》ってくるような錯覚を感じてしまう。

「やっと、肩の力抜いたところ見た気がする」

「僕の？」

「うん。俺、伊吹くんのそういう顔を見たかったんだ」

「………」

そうか。

理央と伊吹の性格で違うのは、こういうところなんだ。

理央は伊吹の笑顔を見たいと思っている。

伊吹は理央が淋しい顔をするのを見たくないと思っている。

物事をネガティブに捉《とら》えるか、ポジティブに捉えるかという性格からして、もう、まったく違っている。

――だから、惹《ひ》かれた。

好きになっていく。

今も、こうしてそばにいるだけで、一分一秒経《た》つごとに、理央に惹かれてしまう。

止められない強い思いは、自分の中で息苦しさすら増すのに。

なのに、どうして、この人のそばにいるのは幸福なんだろう。


「今日のハイキング、どうだった？」

遅いランチの場所に選んだのは、初めて入る古民家風のカフェだった。

理央も前から目をつけていた割にはこの店は初めてだそうで、二人は中を覗いてみたいという意見で一致した。

「楽しかったです」

ランチのカレーも美味《おい》しかった。

理央のグリーンカレーもいいけれど、この店の和風カレーもかなりいけている。特に、トッピングがねぎというのが意表を突かれて、おそるおそる食べてしまったけれど、それもまた美味しかった。

「そっか。よかった。初デートだから、どんなコースにしようかってかえって考え込んじゃって」

理央が納得した様子で、ミントの入ったジンジャーエールを赤いストローで掻《か》き混ぜる。

自家製ジンジャーエールはしょうがの味が濃かったが、その分甘みも強く、疲れた躰にはすうっと染み込んで癒《い》やしてくれるみたいだった。

「このコース、子供の頃はよく妹を連れてきたんだ」

「お兄さんのほかに、妹さんもいるんですか？」

「うん。今はもう家を出ちゃってるから、たまにしか会わないけど。獣道大好きで、すぐコースを外れようとするんだよ。今だったら、自然を荒らすって言って怒られただろうな」

家族の中でも妹に対する気持ちが強いらしく、理央は滔々《とうとう》と思い出を語る。

きっと、いいお兄さんだったのだろうな。

今の理央の姿からは、そうしたところが容易に予想できた。

「あ、あの！」

勢い込んで言った途端に、グラスの中の氷が崩《くず》れてかしゃんという大きな音を立てる。

頬が火照って、躰がじわりと熱くなる。

でも、聞きたい。理央が今日、どんな気持ちで過ごしたのかを。

「ん？」

「理央さんは、今日……どうでしたか？」

「伊吹くんと一緒に出かけて、楽しくないわけがないだろ」

そう言われると……何だか、無性に恥ずかしくて。

頬を染めて俯く伊吹の額《ひたい》に理央は軽くキスをした。

「⁉」

額に何かが触れた感触にはっとしてそこを押さえると、理央がばつの悪そうな顔で立ち尽くしている。

「……ごめん。俺、初デートに浮かれすぎた？」

「いえ、その……平気、です」

平気とか平気じゃないとかそういう問題ではないような気がしたけれど、そう言わざるを得ない。

でも、この返答で理央は気を悪くしないだろうか？

「安心した」

肩の力を緩め、理央が盛大に笑み崩れる。

「嫌われたらどうしようって思ったよ」

「それは僕も、です」

伊吹が理央のことを嫌ったりするわけがない。

眩しくて、鮮やかで、いつまでだって見ていたくなるような人なのに。

「やっぱり？　遠くで見ているのと近くで見るのとじゃ違うからね。つき合ってみたらイメージと違ったって思われるのはショックだし。まあ、それを確認するためのお試しなんだけど」

「全然、イメージと違ったりしなかったです」

むしろ、理央のことを少しずつ知れて楽しかった。

山登りするのも、疲れて休みたいなんて言う理央を見るのも、今日体験したことは全部が新鮮だった。

今だって、四つも年上のはずの理央の子供っぽい一面を見られた気がする。

理央がすごく身近に感じられて、ぐっと距離が縮まるのがわかったからだ。

「よかった！　合格もらえるかどうか心配してたんだ」

屈託ない、理央の笑顔が眩しい。

一歩近づいたくせに昨日よりもずっと眩しく感じられるなんて、自分はすごく……理央を好きになっているんだ。

やっぱり、好きだ。好きで、好きで、好きすぎて――自分が怖い。

この人は（仮）なのに。

本物の彼氏なんかじゃない。伊吹の手には入らないものなのに。

# 7

さらさらとした砂が、風のせいで目に入ってくる。

痛くて瞬《まばた》きを繰り返す伊吹《いぶき》に、理央《りお》が「大丈夫？」と心配そうに聞いた。

「はい」

何度かぱちぱちと瞬きをすると、少し痛みが治まってくる。

「伊吹くん、目、大きいからね。砂も虫も入りそう」

「虫、入ったことあります。すごく痛かった……」

あのときのことは恐怖体験で、今より視力が悪くなっても絶対にコンタクトレンズを入れたくないと思っている。

幸い、伊吹は視力に関しては遠視気味で、今のところ不自由はなかった。

「こういうときは、サングラスかけたら？」

「それもいいかも……でも、理央さん、仕事、いいんですか？」

つき合い始めて、三週間。

健全なデートを何度もしたし、今ではごく当たり前のように、彼のことを名前で呼べるようになっている。仕事場でもそうしていたが、誰も不思議がる人はいなかった。

気分転換に散歩に行こうと言われて、何があるわけでもなくついてきた伊吹は、平日だというのに砂浜で歓声を上げる観光客を見ながら、いいなあと心中で呟《つぶや》く。

もう、海に対する拒否感はない。見ると素直に綺麗《きれい》だと思えた。

「仕事しなくちゃだけど、夏は海だよやっぱり」

サングラスをした理央は、伊吹を見てにこりと笑う。

「傘、持ってるの大変じゃない？」

「大変じゃないです」

ビーチパラソルの持ち合わせがなかったので、伊吹は晴雨兼用の折りたたみ傘で二人のいる場所をカバーしようと試みていた。

理央の髪は陽射しに透けるととても綺麗なのだが、日焼けして苦しむのは気の毒だ。

このところ伯父《おじ》が日焼けに悩まされていることもあり、伊吹はその点に敏感だった。

傘なんて珍妙ではないかと思ったが、目立つことも、今ではそう苦痛ではなかった。

理央と一緒にいられるからだ。

「今度、どこに行こうか？」

ざくざくと砂を踏みながら、理央が尋ねる。

「デートですか？」

「うん」

「僕は……こういうのがいいです」

お金がかかるとか、かからないとか、そういう問題じゃなくて。

理央と一緒にいられる何でもない時間が、とても大切なものに思えてくる。

「伊吹くんは殊勝だよね」

「殊勝？」

「うん。すごくいい子だよ」

理央はにっこりと笑った。

「子供扱いしないでください」

「まあ、年下だし？」

サングラスで隠された目が、今、どんなふうに和《なご》んでいるのか想像がついている。

自分が真っ赤になっているのも気づかれないだろうと思い、伊吹は素知らぬ顔をする。

何だろう、すごく幸せだ。

この砂浜で、理央と一夏の思い出を共有できるのが。

「伊吹くん」

不意にTシャツの襟《えり》ぐりのところに指を入れられて引っ張られたので、そのまま伊吹は理央に顔を近づける羽目になる。

――え。

「…………」

唇に、触れた。

キスしてる……。

嘘。

キスって、ええと……檸檬《レモン》の味がするって言うけど、理央の場合は無味だった。

「伊吹くん、目、開けたままする派なの？」

顔を離した理央に聞かれたので、とっさに反論してしまう。

「そっちだって、開いてます」

「じゃあ、閉じて。俺も閉じる」

「ぶつかりませんか？」

「平気。直前で閉じるから」

本当に閉じてくれるのかと思いつつも伊吹が目を閉じると、理央が再び唇を塞《ふさ》いでくる。

あ。

今の、完全にもう一度キスする流れだった……。

どきどきしすぎて、気づかなかった。

唇を軽く重ねただけのキスなのに、心臓がいきなり巨大化したみたいに激しく脈打ってきて、耳鳴りのように鼓動が激しく響く。

ふと、ぬくもりが離れていく。

実際には数秒なのに、それが、数十秒にも数分にも感じられた。

おそるおそる伊吹が目を開けると、理央が間近で微笑《ほほえ》んでいた。

「やだった？」

「嫌なら、二度目は突き飛ばします」

「そうだよね」

ほっとしたように微笑む理央を、正視できない。

「伊吹くん、目を閉じていても可愛《かわい》いね」

「……は、恥ずかしいです……」

やっと実感が湧《わ》いてきて伊吹は真っ赤になり、思い切り俯いて肩口に顔を伏せた。


「伊吹くん、つき合ってるでしょ」

直球というより、これは一種の変化球か？

キッチンでコーヒーの支度をしていた伊吹は、雅子に質問をぶつけられて目を丸くする。オフィスに常備してある自分用のインスタントコーヒーを掬《すく》う手が震え、スプーンから茶色い粉がぱらぱらと落ちた。

「えっと……あの……」

主語のない問いは、引っかけ問題かもしれない。

誰と、と問うべきだろうか。

もごもごと口籠《くちご》もっている伊吹の機先を制したと思ったらしく、雅子《まさこ》が余裕ある笑みを口許に浮かべる。

「理央さんと」

雅子以外のメンバーは、今日はミーティングスペースで次の案件について話をしている。フロアにいるほかの人はヘッドフォンかイヤフォンをしているので、こちらの話は耳に届いていないだろう。

「…………」

今度こそ、答えられなくなりかける。

だが、伊吹とて同じ過ちを何度も繰り返すほど愚かではない。こういうときの切り抜け方は考えてあった。

「男同士、ですけど」

肯定も否定もしない、我ながらなかなか上手《うま》い返しだった。

「だって、理央さんがそういうの気にする人だと思う?」

言われてみれば、理央は一種の博愛主義者だ。

伊吹のあとにも入居者の入れ替わりがあり二人ほど新メンバーが加入したが、彼はどちらにも親切に振る舞った。

それに対して、伊吹が忸怩《じくじ》たる思いを抱えていることにも気づかずに。

「そういうわけで、二人が怪しいんじゃないかと思ったのよね」

「………」

「理央さん、あのとおり優しいでしょ」

「……はあ」

どういうリアクションをすればいいのかわからず、気の抜けた返事になってしまう。

「だから、理央さん絡みでやめちゃった人って三人くらいいるの。みんな女性なんだけど」

つまり、色恋沙汰《ざた》でってことだろうか?

しかし、それを伊吹に言うのはどういう了見なのかわからない。

「それで、伊吹くんもそういう口なのかなって」

「どういう口かわからないですけど」

また、口籠もってしまう。

こういうときにしゃんとできない自分が、恥ずかしい。

「だって、伊吹くんが理央さんのことを好きなんでしょ？」

図星だった。

思い切り見透かされていたことが恥ずかしくなり、伊吹は真っ赤になる。

それでも返答しなければ、認めたことにはならないはずだ。

「理央さんは優しいけど、誰にでもそうなの。だから、見極めるときはちゃんと見極めなきゃだめよ」

「何を？」

「優しいのが自分だけに対してなのか、それともみんなに対してもそうなのかってこと」

ずしんと心に突き刺さる。

「それくらい、わかってます」

彼氏とはいえ、（仮）がつくお試し期間なんだから、理央は自分のものじゃない。特別な好意だってない。

告白したのは伊吹で、種を蒔《ま》いたのは自分なのだ。

どうして理央がそれに応《こた》えてくれたのかも、じつのところはよくわからなかった。

伊吹がほかのメンバーと違う点が、何かあるのだろうか？

だから、そうでなくても自信がなかった気持ちが更に弱くなってしまう。

「伊吹くん、可愛いし。なんか好奇心が湧いて構いたくなる気持ちってわかるのよね」

胸に、突き刺さる言葉だった。

そうだ。

好奇心って、言われたのだ。

彼氏（仮）になってくれるときに。

告白に対する返答にしては違和感がある単語で気にかかっていたのを、やっと思い出した。

「——そういうこと言わないほうがいいですよ」

唐突に釘《くぎ》を刺してきたのは、奏《かなで》だった。

「奏くん？」

「あの人たちには、肝心の理央さんだって迷惑してたでしょう。勝手に熱を上げて、掻き回して、勝手にここやめて……」

奏はクールに言い切ると、お湯を沸かし始める。

彼が助け船を出してフォローを入れてくれたのはわかっていたが、心がどんどんよくない方向に傾いていく。

ついこのあいだまでは、あんなに楽しかったのに。

まるで黒雲に覆《おお》われるように、心がべったりと塗りつぶされていった。

——一緒に帰りたいんです。

伊吹から改めてそう誘うのは初めてで、鞄を肩にかけた理央は少し嬉しそうだった。

「初めてだな、伊吹くんが誘ってくれるの」

「……はい」

しかし、すぐに沈んでいる伊吹の様子に気づいたようで、理央の表情がかき曇《くも》る。

「何かあった？　相談があるなら乗るよ」

今日の雅子との話は、理央の耳には届いていないはずだ。

それなら、ごちゃごちゃ考えるよりも、行動に出たほうがいい。

「あの……」

「うん」

口籠もる伊吹の様子に何か言いたいことがあると察したらしく、理央は特に促さずに続きを待ってくれる。

「キ、キ、キス……したのに、どうして、何もしないんですか？」

みっともなく声が上擦り、まるで歌っているみたいだ。

「何もって？」

理央は笑うでもなく、まさに、ぽかんとしている。

我ながらよくない尋ね方だったが、一度口にしてしまった以上はもう、止められなかった。

理央に対して、こんなふうに感情的になるのは二度目だ。

彼といると、自分は明かさなくていいところまでさらけ出してしまう……。

「僕は……したいです。つき合って一か月以上経つし、この先のこと……」

「ちょっと待って」

理央がさっと右手を挙げる。

「したいって、つまり、俺と寝たいってこと……？」

直球だった。

オブラートにすらくるまないということは、さすがの理央も少し戸惑っているようだ。

「はい」

「……びっくりした」

引かれただろうか。

男同士のつき合いに対する好奇心だという雅子の言葉を真に受けたのは、もしかしたら、間違えていたのかもしれない。

だけど、もう、後には退けない。

伊吹だって、理央とセックスしてみたい。

どうせお試し彼氏が理央の一時的な好奇心の産物でしかないのなら、本気の伊吹としては、せめてもの記念に好きな人とエッチしてみたいと思うのは当然のことだ。

「だめ、ですか」

「だめじゃないけど……」

逡巡《しゅんじゅん》には、お試しの彼氏にそこまでさせていいのかという理央の優しさが含まれているような気がした。

「いや、ですか？」

「だめでも嫌でもないよ。予想外の展開に驚いただけ。君はいつも、気にしすぎ」

理央は笑い飛ばして、伊吹の髪をくしゃっと撫《な》でた。

もっとびくんと反応してしまうのではないかと不安だったが、そんなことはなくて。

自然に彼の動きに身を任せることが、できた。

彼の躰が動いたときに、何となく、理央の匂《にお》いがした気がする。

「だったら、うち、来る？」

「え？」

「君の家より近いと思うし、人のことも気にならない」

「……はい」

迷う暇は、なかった。

自分が言い出したことなのだから、もう、逃げることはできない。

「あの、準備とかってありますか?」

なけなしの勇気を振り絞って、聞いてみる。

「ん?」

「そういうのに、使うもの……」

「ああ、それ? 今日は平気だよ……おいで」

今日は、というのはどういう意味か、理央の真意は不明だった。

無言のまま向かった理央の家は、駅から徒歩で十五分ほどのところにある、閑静な住宅街の中だった。

「もしかして、一軒家なんですか?」

「まさか、そんな贅沢《ぜいたく》できないよ。一階は大家さんなんだけど、ただいま長期旅行中」

「そっか……」

二階は外階段で出入りできるようになっている。

ドアを開けるとすぐに玄関で、三和土《たたき》には見覚えのある理央のスニーカーが脱ぎ捨ててあった。

「ごめん、スリッパとかないけど」

「履く習慣ないから、いいです」

「あ、よかった。俺も。――上がって」

玄関を上がって左右にドアがあり、その奥がリビング兼ダイニングキッチン。もう一つドアがあるから、おそらくその隣が寝室だろう。

古い家屋をリフォームしたようで、思ったよりは広い。

リビングルームはテレビとソファ、ローテーブルのほかは、本棚が目立つ。天井まで届くような本棚にはぎっしりと書籍が詰め込まれ、それ以外はフローリングの床に所狭しと本が積み上げられていた。文庫本やハードカバーと大きさはだいたい分類されていたが、本棚に入りきらずに積まれているのは一目瞭然《りょうぜん》だ。

「すごいですね」

「うん、溜《た》まっちゃって。電子書籍もいいんだけど、本のかたちが好きなんだ」

理央はそう言って、「何か飲む？」と聞いた。

「いえ。あの……シャワー、借りてもいいですか」

「やけに急ぐね」

「…………」

気が変わる前に、早く終わらせたかった——誰の？

自分だろうか。それとも理央だろうか。

伊吹自身は理央と、そこまで積極的にセックスしたいと思っているんだろうか。

考えれば考えるほどに、わからなくなってくる。

「ちょっと待って。お客さんが来るって想定してなかったから、少し綺麗にするよ」

「……はい」

「そこに座っててもらっていい？　テレビ見るならどうぞ」

リモコンを手渡されたものの、落ち着かない気分で理央の戻りを待っていると、彼がすぐに顔を出した。

「いいよ、お風呂。先に使って……あ、着替えいるかな」

「………」

もう、言葉が出てこない。

緊張と後悔と昂奮《こうふん》と、その三つ巴に襲われて心臓が破裂しそうだ。

「どうぞ。シャワー、すぐわかる？」

「大丈夫です」

ごく普通のシンプルなシャワーだったので、設定に迷うことはなさそうだ。

伊吹はどきどきしながら服を脱ぐと、裸足《はだし》でタイルにそっと踏み出した。

冷たくて、気持ちいい。

バスルームもリノベーションしたらしく、想像よりも清潔で綺麗だった。

シャンプーの銘柄をちらりと見て、理央の髪からはこの匂いがするのだと思うと躰が火照ってくる気がした。

男同士でどうやってセックスするかの知識は、理央を誘う前にネットで調べてあった。自分で解《ほぐ》したほうがいいのだとはわかっていたので、試しに自分の尻《しり》に触れてみる。

「うー……」

怖くて触ることしかできず、そこに指を挿《い》れることさえ考えられなかった。

無理だ。

自分じゃ無理、きっと絶対無理。

理央が何とかしてくれると……思いたい。

「はあ……」

変なことに挑戦したせいで、妙に疲れてしまった。

長いシャワーを終えた伊吹は出してあったタオルを使い、理央の部屋着と思《おぼ》しきTシャツとショートパンツを身につける。少しだぼっとしたTシャツはどこか外国の風景がプリントされていた。理央の服に袖を通すと、嫌でもテンションが上がってしまう。

伊吹と交代に、理央がシャワーを浴びる。

彼を待っているあいだ、伊吹はテレビも見ずに、自分の爪先《つまさき》あたりに視線を落としていた。

逃げ出してしまいたかった。

つまらないと言われる前に。馬脚を露《あら》わす前に。

なのに、それさえもできない。

「お待たせ」

戻ってきた理央は、Tシャツにハーフパンツを身につけていた。

いつもと大差ない格好は、もしかしたら、気を遣っているのかもしれない。

理央はそう言うと、伊吹につかつかと近寄ってくる。腕を摑《つか》まれた伊吹がはっと彼を見上げると、理央は唇を綻《ほころ》ばせた。

「キスしていい？」

「許可制ですか？」

すでにキスはしているのに、どうしてなのだろう。

意外な発言につい伊吹が問い返すと、理央は「そうじゃないけど」と悪戯《いたずら》っぽく笑った。

「キスよりすごいことするつもりだよ。でも、キスって神聖じゃない？」

「このあいだは許可、取らなかった……」

「あれはほら、つい、したくて」

今はしたくないのだろうかと深読みしてしまうが、あえてその疑念から目を逸らす。

「ね、していい？」

「――いい、です」

「よかった」

理央が端整な顔を近づけてきたので、思わず伊吹はぎゅっと目を閉じる。なかなかキスされないので薄目を開けようと思ったそのとき、彼が唇を押しつけてきた。

あ……。

二度目、カウントの仕方によっては三度目のはずでも、それだけで、くらりとする。躰の奥からじわっと熱が込み上げてくるみたいだ。

ただ唇と唇が触れ合っているだけなのに。

「……」

息を止めていられなくなって鼻で呼吸をすると、理央がくすりと笑って顔を離した。

「伊吹くん、すごく可愛いのに、よく誰かにぱくっと食べられなかったね」

「僕なんか……」

「僕なんかっていうのは、禁止。俺には、君はどこもかしこも全部可愛く見える。それこそ、最初から伊吹くんは可愛いって思ってたよ」

理央は笑顔を見せたまま、伊吹の腕を引いた。

「あの」

戸惑いにその場に留《とど》まろうとしたが、顧みた理央が「ソファでする趣味はないんだ」と告げる。

どういうことかと聞くよりも先に、伊吹は理央の寝室に連れ込まれていた。

寝室は八畳くらいの空間に、大きなベッドが置かれている。

目を瞠った伊吹を押し倒し、手探りでベッドサイドのライトを点《つ》けた理央が真顔で尋ねた。

「ほんとに、いいの？」

「はい、でも……」

「でも？」

「そのスタンド、明るすぎて……」

「そうだね、ごめん」

笑みを浮かべたまま囁《ささや》いた理央が右手でライトを弄《いじ》ると、すぐに照明が薄暗くなった。

「ひゃっ」

彼は自分のTシャツを脱いで、それを適当に放り投げる。それから、右手を伊吹の腹のあたりに差し入れ、Tシャツをたくし上げる。

「冷たい？」

「ううん、びっくりして……」

「いいよ。好きなだけびっくりしてて」

「でも、色気がないです」

「伊吹くんは、キャラ的にそういうの担当じゃないから安心して」

宥《なだ》めるように耳の後ろにキスをされて、くすぐったさに身を捩《よじ》った。

それじゃあまりにも色気がないと思ったが、何となく腑《ふ》に落ちた。

いつもの自分でいていいのなら、理央に委《ゆだ》ねよう。

借り物のTシャツを引っ張り上げられて、鎖骨にキスをされた。

脱いだほうがいいのかと思ったが、理央の好みのやり方がわからない以上は、極力合わせたい。

「ッ」

気持ちいいとか悪いとか考えるよりも先に、びっくりして声が弾む。

「ん……」

理央はその唇と少しだけ突き出した舌で、軽くなぞるように伊吹の膚《はだ》を辿《たど》っていく。ぬらりと滑った感触と、点々と残るキスの感覚が不可思議で、伊吹は無意識のうちに身を捩ってい
いた。

「は……あ……」

「大丈夫?」

「なにが?」

「怖くない?」

「平気です」

掠《かす》れた声で答えると、理央は「そう」と微笑む。そして、伊吹のショートパンツを一気に引き下ろして脱がせてしまう。

「あっ！」

驚きに声が上擦ったのは、まとめて下着も下ろされたせいだ。

まさかそんなことをされるなんて。

何となく覚悟はできていたはずなのに、心の片隅ではこのくすぐったい戯れがずっと続くのだと思っていた。

完全に油断していたせいで狼狽《ろうばい》する伊吹をよそに、理央の大きな手がそれを包み込む。

こんなところ、他人に触られた記憶はない……。

「う…ふ……」

ゆっくりとなぞるように指を動かされて、それだけで息が上がった。

理央は手を回したり上下に動かしたりして、伊吹の感覚をじわじわと高めていく。

気持ちがよかった。

所詮《しょせん》は他人の手で、伊吹の快楽のつぼを心得ているわけがないと思っていた。

けれどもそれは素人《しろうと》考えにすぎず、好きな人に触れられているという幸福感が、一足飛びに伊吹を快楽の淵《ふち》へ突き落とした。

「は…ッ……」

どうしよう。

理央に触れられるという非日常の事態に、躰があり得ないほどに昂奮している。もうぱんぱんに張り詰めて、伊吹の手を先走りが濡らしているのがわかる。

「まって、だめ……やだ……」

「何が？」

「だ、だって、ぼく……」

「もしかしたら、怖い？」

「ううん、でも……」

怖いとしたら、それは、理央の手を汚すんじゃないかという心配だ。

「変なところ、見せちゃうかも……」

切迫しきった状態で、こんなことを口走れるほうが不思議だった。

「そういうところも、見せて」

「ッ！　は、あ……あ、あ……あぁ……」

理央がひときわ丁寧にくびれたあたりを弄ってきたので、もう、限界だ。

小さく声を上げて達した伊吹は、ぼんやりと理央を見上げる。

「気持ちよかった？」

「すごく……」

「自分でするよりも？」

「はい」

素直に頷いた伊吹の額に、理央が身を屈《かが》めてキスをしてくれた。

理央の手を汚してしまったことが気になっていた伊吹だったが、その視線に気づいたらしく、彼は自分の手をティッシュで拭《ぬぐ》ってそれを丸めてごみ箱に放り込んだ。

「俺、がっつきすぎてない？」

「大丈夫、です」

むしろ、どの状態が普通でどの状態ががっつきすぎているのか、経験値ゼロの伊吹には区別がつかない。

「じゃ、ちょっと後ろ向いて。力、入るかな。四つん這《ば》いになれる？」

「はい」

昂奮で頭が煮えそうになっていたけれど、それくらいはできる。

伊吹の後ろで理央が膝《ひざ》立ちになるのがわかったので、顔が真っ赤になってしまう。

挿れられるのかな……。

ぺろっとシャツの布地を捲《まく》り上げた背中のあたりに理央が触れてきて、その手が思いのほか熱いことに伊吹は驚いた。

もっとも、伊吹だってどきどきしすぎて壊れそうだ。

「そういえば君の背中、見るの初めてだ」

熱っぽい声で告げて、腰の窪《くぼ》みに理央がキスをした。

「ひっ」

「可愛いなあ、ういういしくて」

そういうものだろうか。

恥ずかしさに涙目になった伊吹は、手がぶるぶると震えているのに気づいた。

そっと首を曲げて肩越しに背後を伺うと、理央がおもむろに自分のボトムをくつろげるところだった。

「！」

びっくりして、ついぎゅっと目を閉じてしまう。

どんな大きさのものが入るのかを考えると怯《ひる》んでしまいそうで、正視できなかった。

緊張にがちがちに硬くなっていると、理央が「少し、脚、開いて」と低い声で告げる。

そっと腿《もも》を広げた伊吹の躰に、理央が密着する。脚のあたりに、理央の服が触れる感触があった。

それだけで、体温が上がる。頭がくらくらしてくる。

「あっ」

何かが、伊吹の性器に触れた。

——何かじゃない。理央が、自分のそれと伊吹のそれを重ねたのだ。

「閉じて、脚」

「はい」

掠れた声で応《こた》え、伊吹はよくわからないながらも腿を閉じようとする。理央は腿に手を当ててそこを閉じる手助けをすると、意外な行動に出た。

伊吹の腿の間に、理央の性器を挟ませたのだ。

自分のものと、彼のものがぴったり重なる。すごく、熱い……。

「ふ……なに……？」

「いやだったりする？」

理央が躰を動かすと、自分の性器や腿に彼のそれが当たる。

膚と膚が擦《こす》れて、摩擦熱からかよけいに熱くなってくる。

「そうじゃなくて、熱い……」

「俺も昂奮してる」

腿のあたりに汗が滲《にじ》み、つうっと膝の裏のくぼみに落ちていくのがわかった。

「り、理央さん、なに、これ」

理央のものが自分の内腿を擦るだけなのに、何だか胸がきゅんきゅんするように疼《うず》く。

この感覚を何て名づければいいんだろう？

「待って、伊吹。保《も》たない」

伊吹と呼び捨てにされたことを、咎《とが》める間もなく。

ぴしゃっと何かが腹の上に飛び散る。それが理央の精液だと意識した瞬間、伊吹の体温も一直線に上昇し、気がつくとまた射精してしまっていた。

「ふあ……」

驚きに唇を戦慄《わなな》かせていると、理央が伊吹のうなじにキスをしてから躰を離した。

このままへたばるとTシャツやシーツを汚してしまうとわかっていたけれど、もう、どうしようもない。

力を抜いて横向きになってベッドに横たわると、理央は乾いたティッシュで伊吹の腹や腿に飛び散った精液を拭き取ってくれた。

それからTシャツの裾《すそ》を戻し、タオルケットをかけてくれる。

「あの……」

「平気？　可愛かったよ」

理央が伊吹の髪を撫でて、今度は瞼《まぶた》にくちづけてくれる。

「平気です。あの……えっと……」

「今日はこれで終わりにしよう」

「え……」

つまらなかったのだろうか。自分は理央の興を削《そ》ぐような真似《まね》をしてしまっただろうか。

だめでも嫌でもないと言ってくれたのに途中でやめられたことで、不完全燃焼気味だった。

にわかに不安になる伊吹に、理央が「今のは、素股っていうんだ」と解説をしてくれる。

「素股？」

単語自体は知っているけど、初めてだった。

いや、全部が初めてなのだ。

「きもち、いいんですか？」

「うん。伊吹くんの膚に触れてるって思っただけで、昂奮した」

それは本当のことだろうか。目を凝らして理央の顔を見つめたが、陰翳《いんえい》が濃くなったせいで表情がよくわからない。

「どうして……？」

「だって、怪我《けが》でもしたら困るよ。お互い初心者なのに」

理央の言葉に、伊吹は目を瞠った。

何だか、作業のように聞こえてしまった。

理央に他意はないとわかっていたけれど、それがひどく冷たく響いたのだ。

興味なんてない。通り一遍の関係だと言われているようで、つらかった。

だけど失望を顔に出せば、セックスを過剰に期待していたと誤解されかねない。

それも嫌なので、伊吹は低い声で「はい」とだけ答えた。

お試し期間の折り返し地点を過ぎ、伊吹と理央の関係は一種の膠着《こうちゃく》状態に陥っていた。

もっとも、そう感じるのは伊吹だけなのかもしれない。

実際、理央はどこにいても、伊吹に対してニュートラルに接してくる。

仕事場でも、デート中のカフェでも、こうして、二人きりで彼の部屋にいても。

ちなみに、伊吹が理央の部屋に来るのは三回目だ。

前回も今度こそちゃんとセックスができると意気込んでいたのに、やはり素股で終わってしまい、伊吹はその事実に少なからず失望させられた。

いい加減に理央とちゃんとしたセックスを成し遂げないと、お試し期限の終了前に完全に飽きられるかもしれない。

その兆候は薄々感じているがゆえに、今夜こそは成功させたい。

いろいろネットで調べてみたけれど、やっぱり最終的にはちゃんと挿れたほうが満足感があるらしい。男性同士では負担も大きいけれど、それだけに、特別な行為のようだった。

だから、今日こそ絶対に挿れてもらおう。

伊吹にとっては思い出作りのようなものだし、そのほうが理央だって快《い》いはずだ。

今までよりもきちんと勉強してきたから、きっと上手くいくはずだという確信がある。

とはいえ、自分の体内に指を挿れるという行為はかなりしんどくて、何度か試したもののほぼすべてにおいて挫折《ざせつ》していた。これで本当にやり遂げられるのだろうか。

「伊吹くん、つまらない？」

「へ？　いえ、あの……平気です」

「平気っていうことはつまらないいんじゃない？」

理央がレンタルしてきたＢＤの内容は、あいにくほとんど頭に入ってこない。

ＳＦものなのが悪いんだろうか。

理央は楽しんでいる様子で画面に見入っているので、よけいに言い出せなかった。そんな最中に気を遣わせてしまったことが申し訳なくて、縮こまってしまう。

すごく、とてつもなくプレッシャーを感じていた。

きっと、理央は伊吹とのセックスに興味がないのだ。

その証拠に、伊吹とするときもＴシャツを脱がせたりしない。男のごつごつした骨張った躰を見たくないのかと思うと、ますます気分が落ち込んだ。

でも、本当のことを聞けない。

考えを巡らせているうちに不意に携帯電話が鳴り、伊吹はびくっと躰を震わせる。

「すみません」

「いいよ、出たら？」

ちらりと携帯を見ても、その番号がアドレス帳に登録をされていないのは一目瞭然だった。

「いえ、知らない番号だから」

「仕事の電話かもしれないし」

「…………」

そのあてもなかったが、一応理央の勧めに従ってみた。

「はい」

『もしもし？　伊吹？』

父親の声に、すうっと胃のあたりが冷えていく。

登録のない番号なのも、道理だ。

家を出てくるときに、家族の携帯電話の番号を全部削除したからだ。

もうずっと放っておいたくせに、今更になって、どうして。

『伊吹？』

「――そうだけど、何か用？」

『用というほどのこともないんだが……その、どうしているのかと思ったんだ』

自分と同じで口下手な父とは、例の事件が起きてからもほとんど話をしなかった。

一度たりとも自分を庇《かば》ってくれなかった彼と話すことなんて、何もない。

「普通だよ。特に話すこともないから、切るね」

嫌だ。

こんなことを、理央の前で話したくはなかった。

伊吹は半ば後悔しながら、携帯電話をマナーモードにしてバッグに放り込んだ。

「よかったの？」

BDを一時停止にして待っていた理央は、心配そうな視線を向ける。

「いいんです。父親ですから」

「お父さんとあんまり仲良くないんだ？」

珍しく、理央が踏み込んだことを聞いてきた。

「……僕がゲイだってばれたときに、父は何も聞いてくれなかったんです。話もしてくれなかった。情けないけど、それでいづらくなって、実家から逃げたんです」

そういえば、こんなことを話すのは初めてだった。

理央はよく家族のことを口にしたけれど、伊吹はそういう話はしなかったからだ。

「つらかったんだね」

「今は、平気です。こっちに出てきてよかったって思います」

それは伊吹の本音だった。

だから、この話題を流してさっさと自分の思いを遂げてしまいたくて、伊吹は俯いてから言葉を発した。

「——あの……今日は、してくれますか？」

「何を?」

「……最後まで」

「君を家に連れてきたのは、宅飲みするつもりだったんだけど」

伊吹の意図を察した理央は苦笑し、ローテーブルに置いた酒瓶を指さす。それから、見上げるようにして伊吹の顔を覗き込んでくる。

理央のほうがずっと背が高いので、これではいつもとは逆の構図だ。

セックスが目当てじゃないと匂わされて、恥ずかしさにかえって血の気が引くようだ。

「する?」

「はい。——あ、でも…」

気づいたように唇を震わせる伊吹に、理央は「なに?」と尋ねた。

「もしかしたら、嫌ですか?」

「嫌じゃないよ。思ったよりもずっと気持ちいいし、伊吹くんは可愛いし」

……なに、それ。

そう思ったけれど、顔には出さない。

「キスも、前より慣れたよね……?」

囁いてから、理央が唇を重ねてくる。

どきどきしてきて、目の前で星が散るみたいだった。

「……慣れました」

変なタイミングで答えたせいか、理央がぷっと噴き出すのがわかった。

「じゃあ、ベッドへ行こうか」

「その台詞」

「そう、さっきの映画に出てた」

あえて冗談めかした調子で耳打ちされて、伊吹は頬を赤らめつつもベッドへ向かった。

「理央さん……今日は挿れてくれますか？」

リネンのシーツが素足に纏《まと》わりつくのを感じながら、伊吹は唇を震わせる。

今日も、理央は自分だけがTシャツを脱いでいる。伊吹のシャツを脱がせるつもりはなさそうで、おかげで自発的に脱ぐ勇気を持てなかった。

胸なんてあるはずもないありのままの自分を、理央は受け容《い》れているわけでは——ない。

そんなふうに思えて。

「だめ。怪我させたら、困る」

「困らないですよ」

「困るっていうか、俺が嫌なんだ。君を傷つけるわけにはいかない」

ベッドでいちゃいちゃするべきタイミングなのに、こうして言い争いたくはない。

言葉を失った伊吹が黙り込むと、理央がぽんぽんと頭を叩《たた》くように撫でてくれた。

「だってこれじゃ、理央さんがほんとに気持ちいいかわからない」

「いいんだよ、実際……」

戸惑ったように理央が言い淀《よど》む。

「じゃあ、僕がします」

「え⁉」

少しでも理央にいいと思ってほしい。

「するって……？」

「手で」

起き上がった伊吹は理央を跨《また》ぐようにベッドに膝を突き、理央のイージーパンツを下ろす。

やったことがないけれど、できるはずだ。

気持ちを奮い立たせて、伊吹は現れたものをじっと見つめた。

「見られると、照れるんだけど」

「じっとしててください」

いつもは伊吹だけが狼狽しているのに、今日は理央もびっくりしているのだ。

それが伊吹に勇気を与えてくれた。

「だって、できるのか？」

「自分のだと、思えば……たぶん」

理央にこうすることを、今までに考えなかったわけじゃない。

「熱！」

触った途端に、緊張から手を引っ込めてしまう。

すると、理央がおかしそうに肩を震わせて笑いだした。

「いやさ、そんなに熱くないだろ？」

「ごめんなさい……でも、そんなに笑わないでください……」

縮こまりつつも、今ので緊張がだいぶ解れた。

大丈夫、きっとできるはずだ。

理央のそれを優しく撫でるようにして、表面に刺激を与える。かたちを覚えてからは、尖《せん》端《たん》を軽く突いてみた。

口でするのは怖くてできなかったけれど、理央のそれをゆっくりと撫でた。

どこが気持ちいいんだろう。

何とかして、探り出したい。

こうすることで、彼が少しでも快感を味わってくれるといいのだけれど……。

「………」

丁寧にかたちを確かめているうちに、わずかに、理央の息が乱れてきた気がする。

そっと見下ろすと、ヘッドボードに寄りかかった理央が目を伏せ、微《かす》かに頬を火照らせているのがわかった。

もっと感じてほしくて、伊吹は手の中にいる理央をあやすように、慈しむように、丹念に育て上げていく。

「意外と大胆なんだな」

掠れた声で告げる理央のそれは大きさを増し、はっきりと屹立《きつりつ》していた。

直視すると、こんな大きなものが自分に入るのだろうかと不安を覚えてしまう。

「だめですか?」

「だめじゃないよ。君はすぐ、そう聞くけど」

理央がくすりと笑う。

「君にこういうことをされると、すごく嬉しいんだ」

囁くような理央の声が鼓膜をくすぐった。

「気持ち、いいですか?」

「もちろん」

それなら、今日こそしてくれるだろうか?

そう期待しつつ、一心不乱に両手を動かし続ける。そうしているうちに、理央の反応が如実になってきた。

「ごめん……さすがに、出そう」

「出してください」

「伊吹、時々めちゃくちゃエロいこと言うよね」

囁いてから、理央は小さく息をつく。

手の中に浴びせられた雫《しずく》は、理央の命の証だ。

「俺もするから、そのままでいて」

優しく言った理央は、寝転がったまま自分に覆い被《かぶ》さる伊吹の性器に手を這わせる。

「あっ……や……」

理央に手淫《しゅいん》を施したことで伊吹もまた昂奮しており、あっという間に兆してしまう。

「俺の手に出して？」

「汚しちゃう……」

「君の手も汚れた？」

掠れた声で、伊吹はやめてほしいと訴える。

「ううん……」

「だったら、そういうことだ」

囁いた理央に追い上げられて、伊吹は呆気《あっけ》ないほどに簡単に上り詰める。

理央の手に射精してしまい、荒く息をついていると、そのまま眠気が押し寄せてくる。

「手、貸して」

理央が伊吹の手についた精液を拭い、捲れていたTシャツを直してくれた。

「おやすみ、伊吹」

「やだ……」

「もう半分寝てるくせに？」

ふ、と理央が笑う。

どうして挿れてくれないんだろう。最後までしてもらえないんだろう。

何が理央を躊躇《ためら》わせているのか、わからない。

そのせいなのか、ものすごく、怖い。

理央のこのぬくもりをなくしてしまうのが、怖い。

お試し期間が終わってしまって、理央と他人になってしまうのが怖い……。

離れなくて済む方法を、思いつかない。

混乱したまま、伊吹は夢の中に落ちていった。

# 8

八月。

冷房が効いたオフィスで、ミーティングスペースに集まったのは、理央《りお》、横溝《よこみぞ》、それから先週ここに入居が決まったばかりの萩原実香《はぎわらみか》に加えて伊吹《いぶき》の四人だった。

プリントアウトした仕様書を配られ、全員がそれに目を通す。

案件は中堅フードメーカーのサイトのリニューアル。

何でも、最初に受けた会社が逃亡してしまい、困ったクライアントが知人を通じて理央に突貫工事を頼んできたのだ。

しかも、その期間は二週間。

殺人的な納期の短さだと理央がぼやいたが、確かにそのとおりだ。

本来ならば短期決戦になりすぎて絶対に受けないが、通常の料金に特急料金を上乗せし、なおかつサイトのコンセプト自体は決めてあったので、クライアントの要望の吸い上げは終わっている。検討してみた結果、かなり厳しいができるだろうということになり、理央たちは持ち込まれた難題を受けることにしたのだという。

その代わり、夏休みなんていうものはいっさいいなくなるが、伊吹はそのメンバーに加えられても文句はなかった。

ものを考えなくていいのは、楽だ。正直に言って、安心する。

何しろ、理央とはあやふやなままで関係が宙に浮いているからだ。

「それで、何か質問ある?」

ミーティングスペースでの打ち合わせのあいだ、理央はとても真面目《まじめ》な顔をしていた。

ディレクターとしての役割を果たす理央がこの案件の舵《かじ》取りをするので、彼はいつになく真剣だ。

「特に、ないです」

自分の顔を見られた気がしたので、伊吹は小声で答える。ほかの二人も同様で、理央はほっとした様子になった。

「オッケー。進捗《しんちょく》は毎日報告し合うことにしよう」

「はい」

頷いてから、伊吹はちらりと実香の様子を窺《うかが》う。

ショートカットで快活そうな実香は、理央の大学の後輩で、彼の紹介で入ってきたのだ。

ちゃきちゃきの江戸っ子なのになぜだか湘南《しょうなん》に引っ越してきたうえに、このシェアオフィスにも即決で入居した。

——え、マジで、実香さんも入居するの？

——理央先輩がいるし。

そのやり取りをばっちり聞いてしまっていただけに、何だかむずむずする。

明らかに理央狙《ねら》いか、理央の元カノかというところじゃないのか。

疑念。疑惑。焦燥。嫉妬《しっと》。

これまで伊吹が意識していなかった感情が、一気に心をどす黒く染め上げた。

そのうえ、『実香さん』という、理央の不自然すぎる呼び方。後輩に対してさん付けなのは、伊吹や周囲の人間に親しさをばれないようにオブラートにくるんだ結果に思えてしまう。

それだけでなく、実香の座席は隣のテーブルで、伊吹の席の延長線上にある。そうすると、理央と実香が話しているところなど、見たくもないのに見えてしまうことがしょっちゅうあるのだ。

そんなふうに悶々としているだけに、実香がチームに加わるのは不安材料だった。

仮に二人が単なるサークル仲間だったとしても、これを機に、理央と実香がぐっと接近することだってあり得るのだ。

そのうえ、理央は実香の仕事ぶりに、相当信頼を置いているらしい。

実香は想像以上に優秀らしく、サイトのユーザーインターフェイスは彼女に一任されることになった。実際、彼女が手がけたサイトを見本に教えてもらったが洒落《しゃれ》ていて、センスがいいのは一目瞭然だった。

伊吹の仕事は、単調なデータ入力だった。今回はサイトのリニューアルで英文を翻訳する必要もないので、伊吹はただの歯車でしかない。そのこと自体に文句はないが、やはり、少し疎外感を覚えてしまう。

「伊吹くん、何かある？」

「……いえ」

理央に目敏く自分の感情を見抜かれてしまった。

それに気づいて伊吹は俯き、自分の仕事をするためにデスクに戻った。

とはいえ、平常心で仕事をこなそうとすることは、伊吹にはとても努力を要することであった。

理央は今回、ほかの案件を手がけているため、こちらの仕事についてはディレクターの仕事に徹している。実香という超即戦力がいるので、理央がデザインをしなくていいのだろう。

そのため、進捗の状況などはすべて理央に上げることになっていた。

それがまた、とてもつらい。

「伊吹くん、どうかした？」

当の実香に気遣われてしまい、伊吹は急いで首を横に振った。

「特に何も」

「ちょっと待ってて。……はい、どうぞ」

一旦自分の机に戻った実香が、キャンディポットにずぼっと手を突っ込み、摑んだキャンディを伊吹の机の上に置いた。

その無造作さな気遣いは、理央にも伊吹にもない種類のものだった。

「こまめな糖分補給が効率のいい仕事の秘訣だよ」

「すみません、気を遣わせちゃって」

「いいのいいの。このチームでの初仕事、頑張るのでよろしくお願いします。伊吹くんは先輩だものね」

「そんな……」

先輩と言われて照れてしまった伊吹を見て、実香はころころと笑った。

「ほんとに可愛いなあ。理央さんに聞いたとおりの人だね」

「はあ」と気の抜けた返事をしつつ、伊吹は俯く。横溝と先ほどから話し込んでいる理央は、伊吹の様子に気づかないらしい。

……いやらしい真似をしてる。

誰の目から見てもへこんでいるように装っている気がして、自分で自分が恥ずかしくなる。

構ってほしいと言っているみたいで、情けなかった。

とにかく、頑張らなくてはいけない。

与えられた仕事をきちんと完遂してこそ、社会人に相応《ふさわ》しい。それすらできない人間を、理央が好いてくれるわけがない。

お試しが終わったあとに、完全に関係が冷え込む可能性だってあるのだ。

離れたくないと思うのは、伊吹のわがままにすぎない。

でも、それは嫌だ。

就職が決まるまではこのシェアオフィスにいたいのだから、理央との関係を軟着陸させるほかなかった。


「……え、じゃ、あれがまだ理央さんのトラウマなの？」

休憩中の実香と理央が陽気に話している声が、こちらにまで届く。

「トラウマっていうほどたいそうなものじゃないけど」

「なになに、理央さんのトラウマって」

女性陣がわっと寄ってきたので、理央は苦笑している。

すぐ隣で真剣な作業をしている伊吹に理央が何か言いたげな顔を向けたものの、その視線をさりげなく外した。

「中学のとき、不登校になっちゃった友達がいたんだ」

「理央さんのせいで？」

「それはわからない。ただ、俺は彼と隣の席だったのに、いつも一人だったから、そのほうが好きなのかと思って、あまり話しかけなかったんだ。でも、卒業のときにアルバムにコメントを残してもらったら、『淋しかった』って書いてて……どうしてもうちょっと、話しかけなかったのかなって思ったんだよ」

理央の声は、ひどく静かなものだった。

「それは仕方ないと思うけどなあ。一人でいるのが好きな子に何度も話しかけたら、うっとうしいって思われそう」

「その線引きが難しいよね。大人《おとな》になった今でも、ちょっと迷うときがあるんだ」

理央の思い出話はそこでおしまいで、いつしかあたりは潮が引くように静かになっていた。

それからしばらく熱心にキーボードを叩いていたはずの理央が手を止めたと気づいたのは、だいぶ時間が経ったときだった。

「伊吹くん、大丈夫？　少し遅れてるよね」

気遣うような理央の声に、伊吹ははっとする。右手の方角に視線を向けると、理央が探るような目を向けていた。

「大丈夫です。かなり慣れたから、今日中に取り戻せると思います」

「ならいいよ。でも、厳しそうだったらいつでも言って」

「はい」

この仕事は時間がものを言うだけに、理央はかなり慎重だった。業務報告書を毎日終業時に送ることを求められ、これまでとは違う厳格さに伊吹はびっくりした。

実際には、仕事の効率が上がらなかった。

予定どおりに終わったのは一日目だけで、次の日からは少しずつ作業の積み残しが生じた。現時点で、全体の二割以上が手つかずで残っている。

いくら作業に慣れたとはいえ、納期どおりに終わるかどうか危ういところだ。デザインは実香が手がけているので、伊吹はそこにクライアントから渡された素材を流し込むだけだ。けれども、商品の点数が多いので、それぞれのページの作成は予想よりも時間がかかっていた。

文字だけのシンプルなページだったらある程度は自動生成できるそうなのだが、画像をリサイズしたり、成分とカロリー表示、アレルギーの情報、携帯サイトへのQRコード、特設ページへのリンクなどを書き加えていると、ページ自体はシンプルであっても結果的には時間がかかる。また、明らかにクライアントが間違えていることであってもいちいち問い合わせてOKをもらわなくてはならず、それもまた著しく効率を低下させた。

おまけに、このぴりぴりした状況下で父からまた電話がかかってきた。

しかも、二度も。

苛々《いらいら》しつつも何の用事なのかと聞いてみても、特にないと言うばかりで、いくら温厚な伊吹でも堪忍袋の緒が切れそうだ。

そのうえ、理央とも全然デートをできていない。

仕事に没頭して雑念を忘れるはずが、お試し期間の残り日数が気になる始末だった。

まともなセックスもできないまま終わるなんて……いや、自分はそっちが目当てなわけじゃなくて、優しくしてもらっているのに、何が不満なんだ。

そんなふうにぐるぐる考えてしまうと、手が止まる。仕事と恋愛事情を割り切れない自分が、何とも情けない。

「理央先輩、これ、見てもらえます？」

「うん、ＵＲＬ送って」

「はい」

対する実香と理央のやり取りは和やかだ。

メールをクリックした理央が、できあがったばかりのページを眺めているらしい。

「お！　いいじゃん」

「でしょう？」

伊吹が担当する商品ページのひな形は最初に作って、クライアントからOKをもらっており、彼女たちは今は主力商品の特設ページを詰めている。

トップページのFlash作成は横溝の友人が引き受けてくれたので、それでだいぶ楽になったそうだ。

「会員登録は？」

「そこのシステムは横溝さんがやってくれているので、お任せしてます」

「それは安心だな」

「はい！　だいぶ先が見えてきました」

実香の声が明らかに弾んでいて、それがよけいに、伊吹の心を重く沈ませていく。

自分だけが、できてない。進捗が悪い。

やばい。絶対やばい。何とかしなくちゃ。

でも、能率が上がっていなくて、かなり遅れているとは正直に言えない。

そんなことを言ったら、理央に進みが悪い理由を聞かれるだろう。

——惨《みじ》めさに、気持ちがますます落下していく。

ただただ落ち込んできて、力が出なかった。

昔はこんなとき、どうしていただろう。ちゃんと弱音を吐けていただろうか。

いや、違うな。あのころは弱音なんて吐かなかった。吐く相手もいなかったからだ。

自分で何もかも抱え込んで、自爆してしまっていた。

そのときのことを思い出すと、背筋が震えてくるようだ。

「伊吹さん」

不意に声をかけられて伊吹が顔を上げると、奏《かなで》がそこに立っていた。

「……何か？」

奏とは会えば話をする仲にはなっていたものの、挨拶《あいさつ》をしたり世間話をしたりする程度だ。

「コーヒー飲みに行きます。つき合ってもらえますよね」

規定事項としての誘い方に、伊吹は目を瞠った。

「……あ、うん……行きます……」

有無を言わせない口調に、伊吹は頷くほかない。

「理央さん、伊吹さんをお借りします」

そのうえなぜか奏がそう断りを入れた相手は理央で、伊吹はかなり動揺させられた。

もちろん、理央がリーダーとなっている案件なので、彼に断るのは当然なのだが。

「おう、ちょっと気分転換してもらって。今日も長丁場になりそうだから」

「はい」

わけもわからないままに連れていかれたのは、観光客が往《ゆ》き来する細い通りだった。夏休みに入って一段と観光客と海水浴客が増え、このあたりはまさにカオスと化している。

渦のような人混みを縫い、奏はすいすいと熱帯魚のように的確に歩いていく。

「あの！」

「なに？」

「僕、ちょっと、人が多いところは苦手で」

「……ああ。すみません」

奏の歩調が少しだけ緩むのがわかった。

一休みしようと誘われたのが、なぜ自分なのかはわからない。

結局ありふれたファストフード店に入ってコーヒーをそれぞれ頼むと、二人がけのテーブルを挟んで向き合った。

「仕事」

コーヒーに手を着ける前に、出し抜けに奏が口を開く。

「え？」

「今の案件、大変ですか」

奏の言葉をどう解釈すればいいのか、伊吹は本気で訝《いぶか》った。

それでも会話はしなくてはならないし、慎重に言葉を選ぶ。

「それは、簡単な仕事なんてないし……ちょっと苦戦してます」

「できないときはできないって言ったほうが、いいですよ。傷が浅く済む」

「それはわかってます」

伊吹が少しむっとして眉根《まゆね》を寄せると、彼は肩を竦《すく》めた。

「すみません」

「……いえ」

このあとの会話をどうしようかと思ったそのとき、頭上から声が降ってきた。

「奏」

低い声に二人でそちらを見上げると、そこには見知らぬ背の高い青年が立っている。

誰だろう。

眼鏡《めがね》をかけた青年はすらりとした長軀《ちょうく》で、端整な顔立ちだった。

いかにも理知的な風貌《ふうぼう》で、切れ長の目は冷ややかに光り、どこか威圧的なまなざしで伊吹を見下ろす。

「なに」

奏は見るからに不機嫌になり、相手を睨《にら》みつけた。

「見かけたから呼んだけど、悪かった?」

「……仕事中」

ひどく不機嫌に奏は言うと、青年からぷいと顔を背けた。

彼は何か言いたげな顔になったものの、伊吹を最後に一睨みしてから身を翻した。

何気なく見守っていると青年は出口側の席に腰を下ろし、文庫本を読み始める。

「いいんですか？」

ぼそぼそと奏に聞くと、彼は目を伏せたままで口を開いた。

「いい」

友達にしては、ずいぶん冷たい気がする。いったいどういう関係なんだろう。

その伊吹の思考を見透かしたように、奏は「弟です」と新たな情報を提示した。

「弟さん……？」

しかし、どう見ても身長は奏よりは高くて、顔立ちもそんなに似ていない。

「あまり仲良くないんです」

ぶっきらぼうに言い捨てて、奏はコーヒーを飲む。エアコンが効いているせいか、もうだいぶ、コーヒーはぬるくなっていた。

「うちと一緒ですね」

「え？」

「僕も、家族と仲が悪くて逃げてきちゃったんです。実家、北陸で……あ、すみません」

奏がほんの少しだけ目許を和ませた気がしたものの、すぐに表情を引き締めた。

「お互いの家族のことは置いておいて、問題はそっちです」

「僕？」

改めて水を向けられ、伊吹はきょとんとする。

「いろいろ気になることはあるかもしれないけど、自分のペースが一番だと思います。もっと言えば、この前の雅子《まさこ》さんの発言を真に受けすぎです」

「……あ」

奏が何を言いたいのか、伊吹にはわかるようでよくわからなかった。

「理央さんのどこを見てるかわからないけど、人の言うことに惑わされると本質を見失いますよ」

普段は物静かな奏だけに、その一言はずしりと響いた。

逆にいえば、奏はよく皆のことを見ているのだろう。

「とりあえず、僕は言いたいことを言いました。それで、次ですけど」

「う……まだ何か？」

今のはかなり、効いた。

これ以上強い言葉をぶつけられるのは、正直、御免被《こうむ》りたい。

伊吹だって打たれ強いほうじゃないのだ。

おどおどした視線を向ける伊吹をものともせずに、奏はごくマイペースで口を開いた。

「今度、仕事頼んでいいですか？」

「――仕事？」

想定外の言葉に、ぽかんとしてしまう。

奏はエディトリアルデザイナーで雑誌や書籍のデザインをしていると聞いたが、伊吹には何の技術もない。いったい何を手伝えるだろうか？

「結構組版が厄介《やっかい》な仕事を受けたんだけど、パターンもページ数も多くて、一人で確認するのが心配で。プリントアウトをチェックしてもらえば大丈夫です」

「僕で、よければ……」

「伊吹さん、すごく慎重だし細かいところまで気がつくから問題ないです」

ぼそぼそと言ってのけた奏は、それ以上は言わない。

気づくと二人ともコーヒーを飲み終わっており、奏は空になった紙コップをぺこぺこと潰《つぶ》している。

「ありがとうございます」

「え？」

「おかげで、いい気分転換になりました」

それは真実とは言い難かったが、奏の好意は受け取った。

ただ同じ仕事場をシェアしている仲間に対するにしては、過分なように思えるほど。

「……べつに。コーヒー飲みたかったし」

「ファストフードの？」

伊吹の問いには答えずに、奏が「ごちそうさま」と言ってがたりと立ち上がる。

やっぱり、ツンデレだ。

こういうところが、可愛いと思う。実際には奏の年齢がいくつなのか、わからないけれど。

「僕、本屋に寄るけど伊吹さんは？」

「ぶらぶらして帰ります。せっかくの気分転換だし」

「じゃあ、ここで」

ストレスで押し潰されそうだった心が、少しだけ、楽になった。

誰かが自分のことを考えてくれている――そう思えたからだ。

もっとも、普段はよけいなことをいっさい言わない奏を心配させたのだと思うと、申し訳なくてならない。でも、どうしたって理央と実香が一緒にいるのが見えてしまうと平常心でいられないのだ。

嫉妬で目が眩《くら》んでいるなんて、自分に限ってはないはずのことだと思っていただけに、伊吹は己への失望に打ちのめされていた。

それに、理央のあのトラウマの話。彼は伊吹を好きなわけではなく、不登校のクラスメイトと伊吹を重ねて、埋め合わせをしているだけじゃないのか。そう考えると、彼の自分への構い方も腑に落ちるのだ。

シェアオフィスに戻ってくると、伊吹のあとに出かけたのか、理央と美香の姿がない。

ほっとしたような苛々するような気持ちに苛《さいな》まれつつパソコンを復帰させようとした伊吹は、フリーズしたまま動かないマシンに怪訝な顔つきになる。

キーボードを叩いても復帰しないので、電源ボタンを長押ししてから再起動を試みた。

動いた。

でも、今度は青い画面が出てきて先に進めない。

不安に駆られつつも、画面の指示に従って通常のやり方でシステムを復元しようとしたが、何度試してもかたかたと音を立てるばかりだ。

仕方なくまた再起動させると、システムの復元にイメージコピーの利用を勧める画面が出てきた。

迷っている余裕はなかった。

今はこの選択肢しかない。

仮にOSを消去して再インストールから始めたら、パソコンの設定からやり直しで納期に間に合わなくなるからだ。

ややあって、ようやくパソコンが立ち上がる。

――だが。

「嘘……」

データがない。

あとでネットにアップロードしようと思ってデスクトップに置いてあったフォルダが、まるまる消えている。通常の復元とは違い、このやり方だとファイルにも影響が出るのだ。

昨日までやったところは理央に送ってあるが、今日の作業が全部消えてしまっている。

緊張と不安に、冷たい汗がどっと噴き出してきた。

そうでなくとも仕事が遅れ気味で、帳尻を合わせようと思っていたところだったのに。

どうしよう。

念のためパソコンの内部を検索しても、それらしいフォルダはない。

「伊吹くん、奏くんとのデートどうだった？」

戻ってきた理央に明るく問われ、伊吹はもの言いたげに彼を見つめる。しかし、彼のすぐ後ろに美香の姿を認めた瞬間、声が出なくなった。

「どうしたの？」

「いえ……楽しかったです」

ようやく無難な返答をするのに成功し、伊吹は画面に視線を戻す。

通常のＨＤＤへの保存はしていたのに、オンライン上にバックアップを取らずに出かけてしまったと言えば、理央やほかのメンバーに呆《あき》れられるのは目に見えていた。

残り二日。

今日と明日、寝ないで頑張ればリカバリーできるかもしれない。

いや、やるしかないんだ。

信用されて振ってもらった仕事なのだから、倒れるまで頑張るほかない。

伊吹は悲壮《ひそう》な決意を固め、唇をきゅっと引き結んでパソコンに向かった。


だが、現実はそう甘くはなかった。

「――え、終わってない？」

納期が明日と迫ったところで、伊吹は理央に本当のことを白状する羽目になった。

それまで笑顔だった理央が真顔になり、「こっちに」と伊吹を促す。

ミーティングルームに呼ばれた伊吹の正面に座り、真っ向から見つめられた。

「終わってないって、どのあたりが？」

信じられないらしく、理央が呆然《ぼうぜん》とした表情で繰り返した。

「昨日、休憩のあいだにデータを飛ばしちゃったんです。パソコンがフリーズしてリカバリーしたら、一日分の作業が消えちゃって」

しょんぼりと肩を落とす伊吹に、理央が困惑しているのが気配でわかる。

「理央さんから、バックアップは大事だって言われていたのに……」

昨日の伊吹の様子を思い出したらしく、理央がふと顔を上げた。

「あ、奏くんと出かけたとき？」

「……はい」

「様子が変だと思ったら、そういうことだったのか」

「……すみません」

我ながら、声がどんどん沈んでいく。

「もっと早く言ってくれれば、ここのメンバーに手伝いを頼めたのに」

珍しく、責めるような口調だった。

さすがに今から手伝ってくれとは、理央だって言いづらいだろう。

「ごめんなさい」

言われてみれば、そのとおりだった。

できないことはできないと言うのも、社会人としての義務だ。

だけど、言えば言ったで無能だと思われそうで、どうしても言えなかったのだ。

「昨日は俺も、作業工程表を送らなくていいって言っちゃったから、こっちにも責任がある。

今日で全部終わるって勝手に思い込んでいた」

そう言われると、自分のしでかしたことの重大さに胃が痛くなるような気がした。

理央は険しい顔でそう言い、伊吹に視線を向けた。

「伊吹くん、責任の取り方を間違えてない？」

理央の声が、ひどく硬い。

彼がこんなふうに冷たい口調になるのは、これまでに聞いたことがなかった。

失望させたのだというのが、よくわかった。

見限られた。

とうとうそのときが来た。

そう考えると、胃の奥がじんわりと冷えていった。

「納期どおりに納品するのが、こっちの務め。一人で背負い込んで遅れるよりは、分かち合って間に合わせる。怠けてたわけじゃないのは、みんなが知ってるからね。まだ君が自分のキャパを読み切れないのだって、わかってるよ」

「…………」

「まあいい。話はあとだな。今は俺も手伝うよ。ひな形はあるから、流し込めば終わるんだよね？」

ようやく、理央の声があたたかみを帯びた。

「……はい」

「よし。一晩あれば何とかなるかな。実香さんに手伝ってもらうか」

「え」

「嫌なの？」

「嫌じゃないけど、萩原さんはもう持ち回りが終わってるのに……」

言い淀む伊吹に、理央は何か言いたげな視線を向ける。

「彼女は仲間を放り出して帰るような子じゃないよ」

理央は実香に対して、無上の信頼を向けているのだ。

すぐに「声かけるから」と強く言い切ると、ミーティングルームを出ていってしまう。

このまま留まっていても仕方ないので、伊吹は急いで自分のデスクに戻った。

理央が実香に事情を説明しているらしく、切れ切れに声が聞こえてくる。

「ごめん。もう終わりそうなのに」

「困ったときはお互い様です。私もバックアップ忘れて酷《ひど》い目に遭うことが、年に一度は必ずあるし」

「わかるわかる。何かあるとしばらくまめにバックアップするのに、だんだん億劫《おっくう》になって、忘れたころに酷い目に遭うんだよな」

「そうそう。まさに喉元《のどもと》過ぎて熱さを忘れるのよね。魔が差すっていうのかな。今はいいかって思ったときに、パソコンが悪さするの」

いたたまれない気分で身を小さくしたときに、理央が意外な一言を発した。

「悪いな、新婚なのに」

「いいですよ」

「埋め合わせに夫婦に何か奢《おご》る」

「それは楽しみです。そういえばうちの旦那《だんな》、理央さんに会いたがってました」

くるりと振り返って自分の机に向かおうとした理央は、伊吹の顔を見て疑問をすぐに察したらしい。

さっきとは打って変わって優しい顔で微笑んだ。

「あれ、言ってなかったっけ。実香さん、結婚したからこっちに引っ越してきたって」

「そう……なんですか……？」

「うん」

猛烈に羞恥《しゅうち》心が押し寄せてきて、伊吹は唇を噛《か》んだ。

情けない。

誤解から嫉妬して仕事で皆に迷惑をかけるなんて、あり得ない話だ。

慣れない仕事だったのは確かだが、能率が上がらなかったのは、自分自身のせいだ。そのうえパソコンの不調で、更なる迷惑をかけてしまったのだ。

とにかく、今はこの仕事を一刻も早く終わらせよう。

自分のだめさに腹を立てて後悔するのは、あとからだってできる。

必死の形相《ぎょうそう》でパソコンのキーボードを叩いているうちに、仕事場から一人、二人、と人が減っていくのがわかる。

気がつくと外が暗くなっている。

軽く首を回してキーボードから視線を外すと、理央が紙コップを差し出した。

「どうぞ」

いい匂いがするその中身は、野菜の入ったスープらしい。ちゃんとプラスチックのスプーンが添えられている。

「これ、理央さんが作ったんですか？」

「作り置きの、家に戻って持ってきた。悪くなりそうだし」

すみませんと言おうと迷ったが、空腹だったのでまずそれを口に運ぶ。

じわりと、塩味が疲れ切った躰に染みていく。

「かぶの尻尾《しっぽ》とか入ってるけど気にしないで」

「…………」

コンソメの薄味に胡椒《こしょう》が利いていて、美味しい。適当な大きさのベーコンが入っているのも、ちょうどよかった。

まるで、理央自身みたいに優しい味だった。

そんな理央を失望させたことが、伊吹には何よりも堪《こた》えた。

結局、納品が済んだのは締め切り翌日の午前八時だった。

出社した先方の担当者が朝一番に確認してくれたので、二時間ほどでおおむねＯＫが出て、文言の間違いなどの微調整は追加が来ることになった。

ほっとした伊吹は、張り詰めていたものが解けていくのを実感した。

「お疲れ様、伊吹くん。帰っていいよ」

「はい。――あの、理央さんも、萩原さんも、ありがとうございました」

伊吹は素直に頭を下げる。

理央は疲れ切った顔をしていて、目の下にくまができている。実香も同じで、メイクを落としたせいか疲労が浮かんでいた。

彼らにこんな顔をさせている張本人は、伊吹にほかならない。

伊吹のミスが、同じ仕事場の人に迷惑をかけてしまった。

自分の感情が、我ながら手に負えない。

荒れ狂う嵐みたいで、どうしようもない。

これが理央に恋をした結果だ。

仮にこのお試し期間が終わって運良く理央と恋人になれたとしても、こんな思いを繰り返さなくちゃいけないのだ。

無理だ。

こんなふうにいつも嫉妬ばかりするのなんて、ストレスが溜まりすぎる。

自分のことを、ますます嫌いになってしまいそうだ。

「俺は帰るけど、実香さんは？」

「私、次のバスまでまだ時間あるから……もうちょっとしたら帰ります」

「了解」

実香はこの近くからバスに乗るそうで、必然的に理央と帰る羽目になった。

「疲れたでしょ。かなり長丁場だったからね」

もっと怒られるのかと思ったのに、与えられたのはあたたかなねぎらいだった。

この時期なので十時を過ぎれば空気もアスファルトもすっかり暑く、歩くだけで汗ばむ。

昨日から一度も風呂に入っていないので、シャワーだけでも浴びたいほどの不快感だ。

理央は何を思っているのだろう。

おまえがさっさとミスを白状すれば徹夜なんてしなくて済んだのに、そう思っているのだろうか。いや、理央はそんなことを考えたりしないはずだ。だからよけいに、心苦しいのだ。

——気まずい。

ぐるぐると頭の中で、いろいろな思いが浮かんでは消える。

とにもかくにも、謝らなくてはいけない。

謝って、そうだ……これで全部終わりにしてしまえばいいんだ。

その思いつきに、伊吹は一筋の光明を見出した。

もうたくさんだ。

理央と離れる恐怖に苛まれるのは。

いつか来るその日を待ってびくびくするよりは、ここで自分から終わりにしてしまったほうがいい。

そのほうがずっとダメージが少ないし、伊吹も楽になれる。

そもそも理央だって、伊吹が社会人として失格だということは十分にわかったはずだ。

それが理央への思いのせいだというのも、薄々感づかれているかもしれない。

こうなればもう、つき合っていけなくなるのは時間の問題だ。

先ほどから理央がいろいろと話しかけてくれているのだが、伊吹はもう、上の空だった。

「……ってことだけど、聞いてる?」

不意に、理央が言葉を切った。

それを機に、伊吹は「あの」と唇を震わせる。

「ん?」

本当は、言いたくない。言ったらだめだ。ここで終わりになっちゃう。

だけど。

告白をしたのは自分なんだから、落とし前は自分でつけなくては。

もう、破れかぶれな心境だった。

「なに、伊吹くん」

理央がやわらかな声で続きを促す。

「お試し期間、もう、終わりにしてもいいですか」

それを耳にした理央は不可解そうに眉根を寄せ、伊吹の顔を見つめてきた。

「まだ、あと一か月近くあるよ」

「もう、十分です」

その一か月間、終わりを想像しながら生きていくことは耐えられなかった。

「それってどういう意味で？」

「言葉どおりです。理央さんが彼氏なのとても楽しかったけど……やっぱりつらいです。僕には、理央さんは釣り合わないです」

「釣り合わないって、なに」

理央の声が尖《とが》るのがわかった。

それが怖くて、伊吹は自転車に跨がった。

「おやすみなさい！」

朝から何を言っているんだともいうような視線を受けたものの、構うものか。

ペダルを勢いよく漕《こ》げば、理央が追いつけないのはわかっている。

ものすごく疲れていたけれど、今は、一人になりたかった。

急ごう。

もう何も、聞きたくない。

耳を塞いで、目を閉じて、これまでのことは全部なかったことにしてしまおう。

強制的にリセットすれば、それでおしまいだ。

案の定、理央は追いかけてこなかった。

久しぶりの恋はとても甘酸っぱくて、そして、終わり方はあまりにもみっともないものだった。

# 9

麦わら帽子の隙間から陽射しが落ちてきて、ホースを握り締める伊吹《いぶき》の手許を明るく照らす。いつの間にか、すっかり夜が明けてしまっていた。

伊吹は首にかけたタオルで汗を拭う。

「伊吹くん、もうやめておこうか」

「はい」

夏の真っ盛り、この時期は雑草の育ちもよく、放っておくと畑はすぐに侵略されてしまう。そのうえどうしたって乾燥するので、朝晩は一時間以上かけて水を撒《ま》く。

暑いし蚊に襲われるし、農家というものは本当に大変なのだと思った。

これがちゃんとした農場ならば水撒きのシステムもあるのだろうが、伯父の趣味の農園ではそこまでの施設はない。

「どうぞ」

収穫したミニトマトを金属製のボウルに詰め込み、伯父が手渡してくれた。

「あ、ありがとうございます」

爽《さわ》やかな味わいのミニトマトはいくつでも食べられるので、差し入れとしては有り難い。

「仕事はいいのかい？」

「夏場はさすがに求人もないので、秋になったら探します」

「そうか」

夏のあいだは伯父の畑仕事の手伝いをしたいと言うと、彼はとても嬉しそうな反応をしたが、同時に伊吹を大変心配してくれた。

欠伸《あくび》をしながら部屋に戻ると、シャワーを浴びる。

何だか眠くなってきて、伊吹はせんべい布団にぱったりと倒れ込んだ。

夢は見たくない。

目を閉じると、理央《りお》のことを思い出してしまう。

明るい笑顔。穏やかな声。探るような指先。甘いキス。

キスをしたのは数えるほどしかなかったけど、伊吹には一生の思い出になりそうだった。

簡単なことだ。

理央に出会う前に、戻っただけ。

あのシェアオフィスを借りてＷｅｂ制作の基本を学んだ。学生時代の部活動みたいな面白さもあったし、他人との交流にも少しは慣れた。

本当はずっとあそこにいたかったが、たとえ理央が気にしなかったとしても、伊吹の心境的にもう無理だった。

でも、あそこは伊吹みたいな不器用な人間のいていい場所じゃない。

自分の居場所かもしれないと思ったけれど、たぶん、違う。諦《あきら》めたほうがいい。

それくらい百も承知なのに、胸がちくちくする。

淋しくてたまらない。

目を覚ました伊吹は、のろのろと起き上がる。

陽《ひ》はすっかり傾いていた。

あれから、オフィスには一度も行っていない。

伯父には秋になったらと言ったものの、自分程度のスキルでは上手く行きそうにない求職活動をする気にもなれず、コンビニでアルバイトをしようと思って、履歴書を買ってきた。

それから、証明写真がないのに気づき、何もできないまま現在に至っている。

故郷の町を出てまで、自分がしたかったのはこんなことなんだろうか。

「消えてなくなりたい……」

改めて言葉に出すと、惨めさが募る。

別れを告げてからというもの、理央からの連絡はいっさいない。心のどこかでそれを待っている自分が、女々しくて情けない。

一夏の恋ではないけれど、何もかもが終わったんだ。

そう考えると、虚《むな》しさがひしひしと込み上げてきた。


「え、夏祭り、ですか？」

農作業のあと、伯父の部屋に寄って朝食に出されたトウモロコシを齧《かじ》っていると、伯父が出し抜けにそんな情報を与えてくれた。

このあたりは夏になると毎週のように何かしらのお祭りがあるのだという。

観光客が見に来るような派手なものもあれば、地元だけでひっそり行われるものもある。

「そう、気分転換にいいんじゃないか？　お神輿《みこし》なんかも出るし」

「どの辺ですか？」

「海側だねえ。ちょうど伊吹くんが借りてた仕事場の裏手くらいかな」

場所が場所だけに、シェアオフィスの人たちと顔を合わせてしまうかもしれない。

だけど、今日は土曜日だ。

週末はシェアオフィスの稼働率ががくんと落ちるし、特に理央は土日には顔を見せないのは知っていた。

それなら、誰とも鉢合わせずに済むかもしれない。

「じゃあ、行ってみます」

「うん。よかったら写真を撮ってきてくれるかい」

「はい！」

にこにこと笑う伯父の笑顔につられて、伊吹は珍しく元気に答えた。

自転車で行くと混《こ》んで駐輪場を見つけられなさそうだったので、伊吹はバスの時間を調べてそれで駅へ向かう。

バスに乗るのは、久しぶりだった。

窓の外の光景を眺めながら、楽しかったここ数か月を思い出す。

暦のうえでは、とっくに夏も終わっていた。

早く就職先を見つけて、生活を立て直さなくてはいけない。

バスから降りた伊吹は、お祭りの神輿のルートだと言われる神社の方面へ向かって歩く。

人の波も移動していたので、だいたいの場所を探すのは簡単だった。

せっかくだから、伯父から預かったデジタルカメラでこの人出も写真に撮っておこうか。

そう思ってレンズを無造作に人波に向けた伊吹は、そこで立ち止まった。

……あ。

見覚えのある長身に、心臓がきゅんと竦む気がした。

ここしばらく味わっていなかった感覚は、懐かしさより悲しみをもたらすものだった。

理央だ。

紺色の浴衣《ゆかた》を身につけた理央は後ろ髪を結わえ、誰かと話をしている。いや、誰かではないのはすぐにわかった。

奏《かなで》や雅子《まさこ》、莉子《りこ》といったシェアオフィスのメンバーも見えたからだ。

「お神輿が参ります。道を空けてください」

拡声器を持ったスタッフが呼びかけたので、理央と伊吹はそれぞれ対岸で足止めされる。

近づくつもりはなかったが、伊吹には理央のもとへは行けない。

そうか……。

これが現実だ。

もう、一緒にはいられないんだ。

この手でピリオドを打った以上は、二度と二人の人生は重ならない。

それくらいわかっていてお別れを告げたはずなのに、どうしてこんなに苦しいんだろう。

先輩に振られたときは、「そうだよな」とあっさり納得できたのに、理央に関しては、なぜ諦められずに、古傷がぐずぐずと膿《う》んだように痛むのか。

いつまでも引き摺《ず》ったって、いいことなんて何もないのに。

夕暮れどき、農作物はどこか元気がないようだ。このところの陽気にやられてしまっているのだろう。

明日こそ、証明写真を撮りにいこう。久しぶりにハローワークを覗いて、それから——。

急に面倒になってきて、ぱっとホースを上に向けると、水が降り注ぎ、陽光の加減で虹《にじ》ができる。

綺麗《きれい》だ。

理央だったらこれを見て無邪気に喜ぶんだろうなと考えそうになり、慌ててその思考を打ち消す。

女々《めめ》しすぎる。

「だめだ……」

情けない気持ちと戦いつつ丁寧に水をかけ、やっと本日の仕事が終了した。

「よし、元気になったな」

それぞれの葉っぱはしっとりと濡《ぬ》れ、緑が濃くなったようだ。植わっているミニトマトも天辺《てっぺん》から水が滴《したた》っているが、今度の収穫でもう終わりになるだろう。

息を吸い込み、そして吐き出す。

緑の匂《にお》いが濃い。

ビーチサンダルは泥にまみれていたが、部屋から浴室まで這《は》っていけば床も汚れないので、そこまで気にしていなかった。

濡れたままなのでアスファルトに足跡がつくものの、すぐに乾いてしまう。

溶けそうなほどの、過酷な暑さだった。

のそのそと歩きだした伊吹は、アパートの前の鉄製の階段を上がっていく。歩くごとに、汗がどろどろと膚《はだ》を伝って流れ落ちる。

「伊吹くん！」

背後から突然、腕を摑まれた。

「へっ⁉」

声が揺らぎ、慌てて振り返った途端に麦わら帽子が道路に落ちてしまう。

すぐに手は離れたので、伊吹は相手の顔を見ることができた。

「よ」

「理央、さん……」

二人の声はほぼ同時に発された。

それから、奇妙な沈黙。

夏祭り以来久々に目にした理央が麦わら帽子を拾い上げて、伊吹に無言で手渡してくれる。

目礼しつつそれを受け取り、上目遣いに長身の彼を見やった。

「ど、どうしたんですか？」

まさかこのアパートを探り当てられるとは、思ってもみなかった。

「名刺を見たんだよ。伊吹くんがやめちゃうって聞いたから」

「……ああ」

そういえば、シェアオフィスをやめると携帯からメールを出したのを思い出した。

契約は月末までなのであと少し利用はできたが、むろん、行くつもりはない。利用料金を捨てることぐらい、覚悟の上だ。

むしろ、それで理央と離れられるのならば有り難かった。

「俺のせい？」

めちゃくちゃ、直球だ。

アパートの外階段なんていう風情も何もない場所で理央に詰め寄られて、伊吹は混乱していた。

今も、制服姿の高校生が二人を物珍しそうに見ながら通り過ぎていく。

「いえ、あの」

もごもごと口籠もる伊吹の視線に気づいたのか、理央は「ごめん」と苦笑した。

いつもの理央らしくないスマートではない振る舞いだった。

どうしたのだろう？

「上がっていい？」

「え……」

「ここ、暑いでしょ。カフェとかもないし」

「あ、はい」

確かにこのままでは気が散って、話をしようにもできそうにない。

いったいどんな話があるのかと謎《なぞ》に思いつつも、伊吹は理央を自分の部屋に案内した。

「このアパート、わかりづらくて探したよ」

「すみません」

急いで彼を室内に導くと、ローテーブルの前に座るように促す。作り置きの麦茶をグラスに注いでから、伊吹はバスルームで足を洗い、汚してしまった床をタオルで拭《ふ》いた。

さすがに理央がいる手前、這ってバスルームへ行くような真似はできなかったからだ。

理央は少し怒ったような顔で、伊吹を観察している。

視線が痛い。

おまけに、この部屋に理央を上げる羽目になるとは思ってもみなかった。

理央に比べてずっと殺風景でこだわりの欠片《かけら》もない部屋なのも恥ずかしかったが、掃除だけはちゃんとしておいてよかった。

「あの、今日はどういう用件で……」

「君の頭が冷えるまで待つつもりだったけど、あそこを退去するって連絡があったって聞いたから」

「あ……」

「突然、君がお試しをやめたいって言い出したのが、すごくショックだったんだ」

唐突にぶつけられた責めるようなきつい台詞に、伊吹は先制攻撃を受けた気分になった。

「……すみません」

「そこは謝るところじゃないから」

ぴしゃっと言われて、伊吹は身を縮こまらせる。

「じゃあ、どうすればいいんですか？」

「黙って聞いてて」

理央は少しだけ威圧的に言うと、先を続けた。

「君とは、上手くいってると思ったんだ」

憮然《ぶぜん》とした理央の顔。

そんな表情は、初めて見る。いつも理央は人懐っこい笑顔だったからだ。

「上手く……？」

「そうだよ。俺なりに一生懸命で、君とどうつき合うのか悩んでた。そのうえで、上手くいってると考えてた」

「期待を裏切ってすみません。でも、自然体に見えましたけど……」

「こっちがガチガチに緊張してたら、君のほうが怖がるのはわかっていたからね」

理央はずいぶん、伊吹に気を遣ってくれていたようだが、果たしてそんな必要性があるのだろうか。伊吹は所詮《しょせん》はただのお試しの相手で、単なる好奇心でつき合っていたはずだ。

一生懸命になる必要はないだろう。

「君とつき合うのは楽しかった。君は俺にないものを持ってると思っていたし、毎日すごく充実していた。俺は同性を好きになったことはないけど、君といるのはいいなって思ってたんだ」

そこで理央は言い淀み、そして、苛立ったように「どうして肝心のことを聞いてくれないんだ？」と強い口調で尋ねてきた。

「聞くって……何を？」

「俺の気持ちだよ。君と恋愛できるかどうかとか、彼氏になりたいかどうかとか」

「聞くまでもないですから」

そんなことを知りたいわけがないと、伊吹は自嘲《じちょう》気味に呟いた。

結果なんて、見え透いている。

「どうして？」

「僕のことは遊びでしょう。毛色が変わった相手ってだけで」

伊吹の言葉を耳にして、理央の顔がくしゃっと歪《ゆが》んだ。

……なんて。

なんて悲しそうな顔をするんだろう。

伊吹のことなのに、我がことのように彼は心を痛めている。

「なに、それ。伊吹くんは、好きな人に遊ばれてもいいの？」

「よくはないけど……僕が理央さんと釣り合うとは思わないです」

「釣り合う、釣り合わないの問題じゃないよ。俺は君と一緒にいたいんだ。ほかの誰かじゃなくて、君がいい」

いつもニュートラルで何もかも流しているような理央が、今日に限っては熱弁をふるう。

「だいたい、遊びなんてどうして決めてかかるんだ？」

「……そういうふうに、言われたから……」

「誰に」

「……周りの人」

特定をするとその人を中傷しているようだったので、伊吹はあえて言葉をぼかす。

それだけで何となく察したらしく、理央が肩を竦めた。

「周りの人の言うことに耳は貸すけど、俺の言い分は信じないわけ？　それっておかしくない？」

「だって……好奇心だって、そう言ったじゃないですか。だから……躰っていうか……目新しいことがしたいだけなのかなって思って……」

なのに、彼は素股以上のことをしてくれない。だから、伊吹にはわからなかったのだ。

理央が最後まで進もうとしないから、伊吹は焦るばかりだった。

自分とつき合う意味がどこにあるのか。理央は何をしたいのか。

そこまで口にしないのは、伊吹にも遠慮と意地があるからだ。

「――悪かった。ごめんね、伊吹くん」

沈黙のあとに、理央が頭を下げてきた。

「な、何で、謝るんですか?」

「俺の言葉不足だったから」

理央はあっさりと述べた。

「さっきも言ったけど、男の子が初めてで、よくわかんなかったんだ。その……ゲイって躰から入るみたいな偏見があったし、君とはいまいち波長が合ってないと思ったから、だいぶ焦ってた。君の言うとおりにセックスしてみれば上手くいくかなって虫のいいことも考えて……でも、決定的なことをするのは怖くて、中途半端なところでやめてた」

理央らしからぬ不器用な言葉に、伊吹は目を見開く。

怖いもの知らずのような理央にも、怖いものがあったのか。

「焦るって、理央さんが？　怖いと思ってたんですか？」

「うん。どうすれば君が、俺のことを彼氏として選んでくれるのかわからなかった。押しても引いてもだめみたいだったし」

……信じられない。

「難しく考えすぎたよね。男同士だからとかそういうんじゃない。俺が君にどうしたいかで接すればよかった。そうすれば、こんなふうにこじれなかったかもしれない」

やわらかい言葉が、少しずつ伊吹の心にある厚い氷の塊を溶かしていく。

まるで、最初からわだかまりなんて何もなかったみたいに。

いったい全体、どういう魔法なんだろう。

「伊吹くんは、俺のこと、好き？」

「好きです」

嘘をつく理由はなかったので、伊吹は素直に告白する。

「俺もだよ。君が好きだ。初めて会ったとき、可愛い子だなって思った。次に、笑ったところを見てみたいと思った。それで、俺が一緒にいることで笑ってくれたらもっと……もっといいなって思ったんだ。もしかしたら、一目惚れ《ひとめぼ》なのかもしれないね」

頰が火照ってきた気がして、伊吹は唇を戦慄かせた。

何も、言葉にならない。

思わぬ展開に感動してしまって。

それでもようやく自分を取り戻し、思い切って聞いてみることにした。

「僕に構ってくれたのって、トラウマのせいじゃないいんですか？」

「トラウマ？」

「ほら、不登校のお友達です。その子にできなかったことを僕にして、償っているんじゃないんですか？」

「償いなら本人にするよ。君と彼は別の人間だ。それに、そんなもの引き摺ってたら、今頃、誰かに関わるのをやめちゃってるよ」

「じゃあ、僕への好奇心っていうのは？」

はじめは違和感を抱くばかりだったけれど、いつか気づいた。好奇心は珍しいものへの興味であって、恋とはまた違うということに。

だからショックだったのだ。

「好きな相手のことをもっと知りたいって思うのは、一種の好奇心じゃない？」

「……信じられないです」

「屁理屈に聞こえるかな。どうしたら信じてくれる？」

理央は眉を寄せて困ったような顔つきになるけれど、真面目に聞かれたところで伊吹だってわからない。

「わからないけど……僕なんかにそんな気持ちをくれても勿体《もったい》ないだけ、です……」

「それがいけない。前も言ったけど、僕なんか、じゃないよ。君は世界にたった一人しかいないんだ。もっと自分を可愛がらなきゃ」

「………」

「君は優しくて、真面目で、責任感が強くて、人を思いやる心を持ってる。データが飛んだときも、奏くんを逆恨みしたりしなかった」

「だって、あれは自分が悪いんです。バックアップしてなかったから」

そのことで奏を責めるなんて、お門違いだ。

第一、奏は、ストレスを溜め込んでいる伊吹を心配して誘ってくれたのだ。

「そういうところも、全部君の長所だよ」

理央の言葉を、心の中で解体し、味わい、一つ一つゆっくり咀嚼《そしゃく》していく。

それは伊吹の中で、大きな波になって心を揺さぶっていくのだ。

「でも、君も俺も人間だから短所はある。俺は、君のよくないところは話を聞かないところだと思ってる」

「話を?」

どういうことだろうと、伊吹は理央の言葉に耳を傾ける。

「君にとって、誰かが発する言葉は君を傷つけるものかもしれない。でも、君を思って発されるものだってあるんだ。今の君は、全部まとめて耳を塞いでない？」

すんなりと、彼の台詞が伊吹の心に入り込んでくる。

「俺の言葉を、もっと聞いてほしい。知りたいことがあれば、突っ込んだ質問してくれて構わない。ほかの人だってそうだよ。それでうっとうしがったりするようなやつは、君の人生に深入りしたくないって思っている、ただの知り合いにすぎないんだ。友達でも何でもない」

理央の言葉は、重いのにきらきらと輝く宝石のようだ。

「何も聞かなければ、君に対するプラスの評価だって耳にしないことになる。それじゃ、いつまで経っても君の自己評価は低いままだ」

「…………」

「今は言い訳に聞こえるかもしれないけど、君から自発的に聞いてほしくて、俺も言わなかったことはいろいろあるんだ。でも、そのせいで言葉が足りなかったね」

意外すぎる発言に、伊吹は目を丸くする。

「そうなんですか？　たとえば？」

「君を好きか嫌いか、とかだよ」

優しく微笑んだ理央は、伊吹の頬に手を触れた。

「答えがわかりきっていると思って、聞かなかったんだろう？　俺ははっきり、自分の気持ちがはっきりしないから、俺に好きだって言われたら困るのかと思ってた。まさか、俺の好意そのものを疑ってるなんて想定外だったよ」

後半は少しぼやきも含まれていて、伊吹はいたたまれない気持ちになった。だが、理央は責めているつもりではないようだ。

「お父さんだって、何度も電話をくれたみたいだけど話してみた？」

「いえ」

突然、父の話題を出されて伊吹はきょとんとする。

「ちゃんと話を聞いてあげなくちゃ。口下手な人には、きっかけをあげないとだめだよね」

実直で口が上手くない父は、いつも母の尻に敷かれていた。

言いたいことは言わないし、聞いてほしいことも聞いてくれない。だから何も言わなかったけれど、本当は、父にだって言い分があったんじゃないか。

母とも兄とも違う主張があったから、用事もないのに、伊吹に何度も電話をかけてくれたのかもしれない。

会社の人は？

ゲイは気持ち悪いですよね、って軽口でもいいから、聞いてみただろうか。

勝手に落ち込んで、彼らの視線を深読みして、悪意を感じ取っていたのではなかったか。

一度でも聞いてみればよかったのに、尻込みして、周りの人から逃げ出した。

拗《す》ねて、いじけて、自分だけが傷ついたつもりでいた。

伊吹の行為で、家族や会社の皆を傷つけていたかもしれないのに、そのことをまったく顧みなかった。

「日本には沈黙の意味を察しろっていう文化もあるけど、考えてもわからないなら聞いたほうが早い。だから俺も、ここに来たんだ。君が言ってくれるまで待てなかったから」

自分で自分が恥ずかしくなった伊吹は自分の膝に顔を埋《うず》め、押し黙ってしまう。

「ごめん……へこませるつもりはなかったんだ」

「ごめんなさい。僕、理央さんのことを傷つけてたんですね」

それだけじゃない。きっと今までに、たくさんの人を傷つけてきたのだ。

「そのあたりはお互い様だよ。だから、教えて。俺の何が悪かったのか」

「――さ…最後まで、しないの……気にして、ました……」

恥ずかしさから、小さな声が漏れる。

耳まで赤くなった伊吹は、顔も上げられない。

「つまり……その……俺も慣れてないから、君に怪我《けが》をさせるのが嫌だったんだ」

さすがの理央も言いづらいらしく、妙に口籠もっている。

「え……？」

「俺だって男だし、君が欲しいけど……お試しの状態で怖がらせたら、本物の彼氏になる前に逃げられるかもしれないって思ったんだ」

あり得ない。

そう思ったけれど、口を閉ざす前にきちんと聞かなくては。

話をしなければ通じないことは、確かに世の中にある。

「……本当、ですか？」

「どうして嘘つく必要があるの？　こんなに丁寧に、俺は君を好きだって解説しているのに」

「ごめんなさい」

「だから、謝らないで。君を好きになったのは俺の勝手だし」

自分の勘違いが恥ずかしくて、情けなくて、もう穴があったら入り込みたかった。

「俺が対応を間違えたせいで、君を傷つけちゃったね。俺のこと、嫌いになった？」

「なってません」

ようやく顔を上げた伊吹は、掠れた声で返事ができた。

「嫌いになんか、なれない……すごく好きです。だから、怖かった。理央さんに嫌われるのが嫌だったんです」

毎日、少しずつ、昨日よりももっと好きになっているから。

「実香《みか》さんに焼き餅を焼いたりして、本当に恥ずかしい……」

「それだけ俺を好きな証拠だろ？」

理央の言葉に、伊吹はふと一つの言葉を思い出す。

『愛、深ければ、些細な不安が恐れとなり、些細な恐れがつのるところに、愛がいや増す』

――ハムレットの台詞だった。

逆はまだ体験していないけれど、これも大きな愛の証と思ってもいいのだろうか。

「……はい」

「君が俺の気持ちを信じてくれるなら、ここからは話は簡単だ」

「どういうふうに？」

つい問い返してしまうと、理央は「まだわからないのかな」と小さく笑った。

「俺は君が好きだし、君は俺が好き――つまり、両思いだ」

理央の結論はあっさりしていて、顔つきも妙に晴れやかだ。

「これからいくつか約束をして、合意できるなら改めてつき合うことにしよう」

「約束？」

「聞きたいことがあったら、とことん相手に聞く。裏を読んだりしない。自分の勝手な想像で、卑屈になったりしない……って約束してほしい」

「難しそう、です」

難しい注文に、伊吹は視線を俯ける。

それは性根を入れ替えろというのも同義で、困難なものになりそうだ。

「トレーニングすればいい。まずは俺で試して、それからほかの人にもやってみたら？」

「…………」

「世の中には君を傷つけたい人ばかりがいるわけじゃない。君を大事に思い、優しくしたい人だっているよ」

「……はい。約束、します」

理央の真意を知った以上は、今度は素直に頷くことできる。

「よし。じゃあ、次は……」

「はい」

理央は言葉を切ってから、伊吹を見つめた。

「君を抱きたい」

「え!?」

衝撃的な発言に、自分でも笑えるくらいに素《す》っ頓狂《とんきょう》な声が漏れた。

「ぼ、僕を?」

「ほかに誰がいるんだ。君、今の話、ちゃんと聞いてた?」

呆れたような面白がっているような声音に、伊吹は真っ赤になる。

「き、聞いてました……」

「欲しいんだ、伊吹くんが。だから、今日は最後までさせて」

「……断ったりすると、思いますか?」

珍しく、強気な言葉が口を衝《つ》いて出てきた。

「ううん。でも、聞きたいことは全部聞くって今言ったばっかりだから」

理央が手を伸ばし、伊吹の頬に触れる。

「俺が嫌なら、嫌って言って」

「絶対、言いません。嫌じゃないのに、嘘をつくことになる。僕も条件を出せるなら、最後まで……その……」

絶対なんて言葉、使うのは子供のとき以来だ。

恥ずかしすぎる主張だと自覚し、つい、腰くだけになってしまう。

「シャワー浴びたほうがいいよね」

「そうしてほしいです。僕、汗だくだし……先に使ってください。布団、敷いておきます」

「了解」

薄い布団を敷くためにテーブルやら座布団を片づけるあいだ、伊吹はどきどきしていた。

確か、隣室の大学生は帰省しているはずだ。

そうして布団を敷いていると、シャワーを浴びた理央が戻ってくる。

Tシャツをもう一度着るのが面倒なのかバスタオルを腰に巻いたきりで、伊吹は真っ赤になった。

「お先に借りたよ」

「……はい」

蚊の鳴くような声で答えて、伊吹も躰を流す。最後まで至らなくてもこうしてセックスのために身を清めるのは初めてではないのに、これまでで一番、緊張していた。

あまり待たせないように気遣いつつバスルームから出ると、伊吹は窓から身を乗り出すようにして外を眺めている。

「あ、の……」

「綺麗な夕焼けだね。あの赤いの、トマト？」

世間話でもするようなのんびりとした口振りで、彼は窓の外の畑を眺めている。

「はい。……あの、やめますか？」

「だめだよ。せっかく伊吹くんが乗り気になったんだし」

振り返った理央の目は、こちらがたじろぐほどに苛烈《かれつ》で獰猛《どうもう》な光を宿らせていた。

理央がこんな顔をするんだ。

——え。

次の刹那、背中に鈍い衝撃があり、天井が視界に飛び込んできた。

気づくと薄い布団の上に組み敷かれていて、伊吹は狼狽する。

真っ先に気になったのは、激しく脈打つ自分の心臓の音だった。

「布団、ふかふかだね」

伊吹の緊張を解すように、理央が言葉だけはのんびりとしたものを選ぶ。

「あ、昼間干しておいたから……」

「予知能力？」

「あったら、もっと綺麗なシーツ用意しています」

理央のわざとらしい軽口も、伊吹の緊張を解《ほぐ》すためのものだとわかっている。

心臓、もう……爆発しそうだ。

理央と出会ってから、伊吹の心臓のメカニズムはめちゃくちゃになっている。

ばくばくすごい音を立てているけれど、この鼓動が聞こえてしまっていないだろうか。

理央だけじゃなくて、隣の人にまで漏れているかもしれない。

「どうかした？」

「すごく、緊張してます」

「俺も」

理央がつるっと言ったものだから、伊吹は拗ねた顔つきになって彼を見上げた。

「嘘だ」

「何で？」

「理央さんのほうが、いろいろ知ってるでしょう」

「だとしても、男の子は君が初めてだって」

からかうような口調で言ってのけた理央が、伊吹の耳たぶを軽く噛んだ。

「お互い手探りで頑張ろう」

「わかりました」

「ねえ、このTシャツ、脱がせていい？」

そう言って、理央が伊吹のTシャツを引っ張る。もちろん構わないけれど、理央は伊吹の裸を見たくないのではないだろうか。

「……今までどうして脱がせなかったんですか？」

「いや、怖いかなと思って。伊吹くん、すごくシャイだし。裸にしたら、集中してくれなさそうで」

それもまた、理央の気遣いだったのか。

「じゃあ、自分で、脱ぎます」

「だめ。脱がせるのも男のロマンだよ」

甘ったるく制した理央が裾《すそ》をくるくると捲り上げたので、なすがままになって両手を挙げると、Tシャツが剝《は》ぎ取られた。

これがロマンなんだろうか？

そう聞く前に音を立てて膚にキスをされて、伊吹はびくんと震えた。

「あっ！　や、あ……」

声を出さないようにしなくてはいけないと思うのだが、躰が勝手に反応してしまう。

膚をなぞられるのは初めてではないし、こういう愛撫《あいぶ》だってされたことはある。なのに、今までと感度が全然違う。

「ん、くぅ……ふ……」

気持ち、いい。

乳首を軽く吸われて、伊吹は「あッ」とひときわ高い声を上げる。こんな声が出るのかと思わずに焦ってしまったが、それ以上にもう自分で自分が制御できなくて、壊れてしまいそうだ。

「ここ、嫌?」

遠慮がちに問われて、伊吹は首を横に振る。

「ううん……あの……あ、あっ、顔……あの……」

「ん?」

「すごく、近い……」

舌でつるんと乳首を転がされると、すごく間近に理央がいるのを実感する。そのうえ、上目遣いで理央に顔を見られると、みっともなく喘《あえ》いでいるところまでばれてしまっているみたいで、恥ずかしくて……よけいに感じてしまう。

「キスは平気なのに、こっちはだめなの?」

「だって……目……閉じて……は、あっ……あ……」

唇を戦慄かせながら、手で口許を覆おうとする。そうじゃないと、もっと変な声が出てしまう。

理央を呆れさせるかもしれない。

「俺がこうするとき以外は、口、閉じないで」

囁いた理央が唇を塞いでくる。

「！」

驚きに躰が引き攣《つ》ったのは、唐突にそれが入り込んできたからだ。

舌、だ。

理央の舌が、ぬるぬると這い回るように伊吹の口腔《こうこう》をのたくっている。それがあまりにも気持ちよくて、鼻を鳴らしてしまう。

「ん……ん……ふ……」

息継ぎできないままに舌を絡められる。付け根に絡まされたまま吸われると、頭の奥がじんと痺《しび》れた。

どうしようかと焦ったものの、理央が鼻を軽くつまんでくれたので、こちらで呼吸できるのだと思い返した。

「…はふ…ぅ……」

唾液《だえき》が糸を引いて離れていく。

「大丈夫？」

「へいき……じゃない……」

いくら途中から鼻呼吸していたとはいえ、酸欠気味で頭がくらくらしている。眩暈《めまい》で朦朧《もうろう》としかけたまま、伊吹はくったりと脱力する。

「え？」

「きもち、よくて……変、なりそ……」

「……可愛い！」

感極まった様子の理央が、伊吹をぎゅっと抱き締める。

今までほんの少しだった接点が、一気に増した。

「！」

それだけで、昂奮《こうふん》が倍加して。

「あ、だめ……りおさん……」

自分の意図は通じなかったらしく、理央はもちろん離れてはくれない。

膚と膚がぴたりとくっついている。

かなりの体面積が理央に密着しているのだと意識した瞬間、下腹部で熱いものが弾《はじ》けた。

「…は……」

呆然としていた伊吹は、それから「ごめんなさい」と慌てて理央を押し退けようとしたが、彼はそれに応じなかった。

「だめだよ、伊吹くん。そういうのすごく反則」

「え？」

「怖がらせないって言ったのに、我慢できなくなりそうだ」

「我慢、しないで…ください」

伊吹が真っ赤になってそう頼むと、理央は「わかった」と真剣な顔で頷いた。

「ローションとかある？」

「……ハンドクリームなら」

「じゃあ、それ、貸して」

洗面所にハンドクリームを取りにいった伊吹は、鏡に映った自分の顔に改めて赤面した。頬を上気させて、目はとろんとしている。

こんなだらしない顔で、理央に嫌われたりしないだろうか。

思考はほとんどできなくて、理央のことしか考えられない状態だった。

そのままへなへなとうずくまると、理央が「どうしたの？」と呼びに来る。

「すみません……これ」

俯《うつむ》いたまま左手でクリームを出すと、そのままぐっと腕を引かれた。

「あっ！」

「ありがと。使うから、こっちに来て」

理央はもう遠慮するつもりなんて、ないのだ。

こういうときに理央が強引になるのが初めてで、ただただ胸が高鳴る。

ハンドクリームのチューブを受け取った理央はそれを掌《てのひら》に絞りだし、あたためるように何度か指先で掻《か》き混ぜる。

そして、ぼんやりと座り込んでいた伊吹に「寝て」と言った。

「どっち向いて、ですか？」

「うーん、上のほうがいいかな。俺が見えたほうが安心する？」

「たぶん……でも、目、閉じちゃうかも」

「いいよ、どっちでも」

頬を火照らせながら横たわった伊吹に膝を立てさせた理央は、小さな窄《すぼ》みに触れてきた。

「！」

「力、抜いててね」

「はい……」

なすがままになった伊吹の尻に、クリームが塗りつけられる。

……しちゃうんだ。

今まで、そんなこと……しなかったのに。

「挿《い》れるよ?」

「はい……」

ぐちゅんという感覚とともに、何かが入ってきた。

あ……。

これ——これが、指だ。

「ふ…く…ん……」

普段、なめらかにパソコンを操る理央の指が入ってきている。

すごい。

ほんのちょっとなのに、今、理央と繋《つな》がってるって気分になってきた。

「あ……あっ……」

息を吐き出しながら、伊吹は懸命に力を抜こうとする。そうでなくては彼を受け容れられないのは、直感でわかっていた。

「これ、嫌じゃない?」

「やじゃ、ない……」

「よかった」

ほっとした様子の理央が、しばらく体内を捏《こ》ね回す。異物感に気持ち悪くなるかと思ったがそんなことはなく、むしろ、期待に敏感になっていた伊吹の躰はぴくぴくと震えた。

「は、あ……あ、あっ」

「震えてる」

「きもち、い、から……です……」

何とかそれを吐き出すと、理央はほっとしたように笑んだ。

「よかった。もっと、気持ちよくなって」

「え……あ！　ふ……や、いい……」

自分でもびっくりするくらいに、甘ったるい声が溢れ出てしまう。

指で探られているうちに、反応がおかしいところがあったのだ。理央はそこをしつこく揉《も》んでくる。

すごい。

そこをされると、自分の心から、躰から、どろどろと溶けていくみたいで。

気持ちがいい……。

「ん、ふ…はあ……あッ⁉」

彼が今度は前に手を伸ばして伊吹のそれを軽く撫でたせいで、声がひときわ乱れた。

「つらい？」

「ううん、でも、また……僕だけ……そこ、あ、ふ……だめ、やだ……やだっ」

あっさりと絶頂に引き上げられ、ぴしゃりと熱いものが腹の上に飛び散った。

それを確認し、理央が指をぬるんと引き抜いた。

「本当に、挿れていい？」

「うん……挿れて、ほしい……です」

こくこくと頷く伊吹にやわらかな視線を向けて、理央はふわりと笑った。

「素直で可愛いよ。後ろからのほうが、いいよね」

「ううん……前……」

後ろからは、素股でさんざん味わった。

あれは顔が見えないから恥ずかしさも半減していいけれど、今夜は初夜のようなものだ。

最初のときは、理央の顔を見ていたい。

「でも、つらくない？」

「一緒だと思う、から」

挿れられて苦しいのに大差ないなら、理央の顔を見ながらにしたい。

「――わかった」

理央は真摯《しんし》な顔つきになり、伊吹に膝を立てさせる。

腿《もも》を抱えるようにして両手で持ち上げると、蕾《つぼみ》が自然と緩むのがわかった。

服を脱いで全裸になった伊吹が、そそりたつものをそこに押し当てる。

いつもより熱くなっているのが、押しつけられただけでわかってしまう。入るんだ。

そう思うと、唇が微かに震えた。

それを合図に指とは非にならない太さのものが、入ってくる。

かつては伊吹も可愛がったことのある理央自身が、ここに。

「く…ッ」

「は……ァ……」

唇を噛み締め、伊吹は暴虐に立ち向かおうとする。苦しくて、息ができなくなりそうだ。

きいんと耳鳴りがしてきて、全身の血が沸き立つ。頭がふらふらしてくる。

「伊吹くん、平気？　息してる？」

「して……ます……」

呼吸が止まっていたら、大問題だ。

それでおかしくなって笑いかけた瞬間、理央がぐうっと体内に入り込んだ。

「今ので、少し力抜けたね」

「ふ……」

理央は少し、苦しげな顔をしていた。伊吹の中が相当きついのか、端整な顔を歪めているし、汗がどっと滲んでいる。

でも、理央のそういう顔はとても——綺麗だった。

今は自分だけが、きっと、理央のこんな顔を知っている。

好きだ。

この人が、好き。

離れるのが怖いくらいに、好きになっている。

こうして繋がっていられるのが、嬉しくて、幸せで、たまらない。

「…ん…ふ……あ、あっ」

躰が緩んだのか、一気に理央が侵略を推し進める。

「もっと挿れていい？」

「はい、全部……ぜんぶ、きて……」

「俺も、もう止められない」

理央が呟いて、ますます奥深くに入り込んでくる。ぱちんと音がして、理央の膚が自分の尻に当たるのを感じた。

「ぜんぶ……？」

「ああ、入ったよ」

「ここ……」

伊吹が下腹のあたりをそっと撫でると、理央が息を詰めるのがわかった。

「だから……それ、反則」

「え？」

「ほんとに……敵《かな》わないな。動くよ」

謝られるのと、理央が腰を引いて激しく突き上げてくるのは同じタイミングだった。肉がぶつかる音がしそうなくらいの激しい律動に、あっという間に耐えられなくなった。

「ひあ、あっ⁉」

急いで彼の二の腕に爪を立てるが、それでは上手く掴まれない。もがくように手を差し伸べると、理央が身を屈めてきたのでその首に両腕を回した。

「…ん、ひ…ぅう……ッ……」

内臓を、きっと、直《じか》に擦《こす》られている。なのに、すごく気持ちいい。擦《こす》れた部分から生まれる熱が伊吹の中の強がりを溶かして、代わりに全身を快感で満たしていくようだ。蕩《とろ》けそうなくらいに、気持ちいい……。

「いい？」

「はい、すごく……いい、いいっ」

躰が熱い。どろどろに溶解して、自分というかたちをなくしてしまいそうだ。自分の内側から、炙《あぶ》られているみたいで。

「…あ、あ、はっ…ごめん、なさい……」

「どうかした？」

「へ、変な…声……」

それを聞いた理央が、身を倒して伊吹の頬に唇を押しつけてくる。

「くち、塞ぐ……？」

「違う。可愛いから、もっと聞かせて」

掠れた声で囁いた理央が、より激しく腰を動かしてくる。前後への激しい律動で、躰の中をぐしゃぐしゃにされている。

もう堪《こら》えきれない。

でも、もっとしてほしい。

「理央さん……すき……」

囁いた伊吹の首の付け根に顔を埋め、理央が「ああ」と答える。

「好きだ」

耳許でその声を聞いた伊吹は、熱いものがどっと体内で広がるのを感じた。

理央が、出したのだ。

「……ー……っ」

小さな声を上げて伊吹も達し、理央の腹を白い雫で濡らした。

何もせずにだらだらと同じ布団に横たわっているだけでも、理央と過ごす時間は心地よい。

それでも腹が減ってたまらなくなってきたので、理央とどこかへ出かけることにした。

外階段を下りる途中で、隣室の住人とすれ違う。

会釈をすると、彼は無表情でそれに答え、自室の鍵《かぎ》を開けて入っていった。

よかった。おそらく不在だろうと思っていたが、やはり今帰ってきたようだ。反対側は大学生が住んでいて、当分帰省するとの話だった。

安堵《あんど》する伊吹の髪を撫で、理央が「そんなに声、出してなかったよ」と言ってくれる。

どうせ気休めだと思うけれど、そうであってほしかった。

「明日の花火大会、屋上から見ようか」

通りがかった自動販売機に貼ってあったポスターに目を留め、理央が暢気《のんき》な声で言う。

「屋上って?」

「仕事場の」

あっさりと言われて、伊吹は困って首を横に振った。

「でも、もうやめちゃったし……」

「来月から契約してまた借りればいい。窓際の席、まだ埋まってないから」

「………」

「本格的に俺の仕事を手伝わない？　伊吹くん、きっと優秀なコーダーになれると思う」

「頑張ります」

伊吹が言うと、理央がほっとしたように胸に手を置いた。

「よかった。じつは君が戻ることを見越して、新しい案件を取ってきちゃったんだよね」

理央はうきうきした口振りで告げる。

「そのために僕を口説きにきたんですか？」

「それとこれは別」

理央はきっぱりと言い切り、振り向きざまに伊吹の額に唇をぶつけてくる。

「あとは、一緒に海が見たいな。いろいろな海を」

「海？　湘南《しょうなん》だけじゃなくて？」

「たとえば日本海とか」

悪戯《いたずら》っぽい口調に、理央が何を言おうとしているかわかって伊吹は目を瞠る。

「──お魚が食べたいなら、冬場がいいですよ」

「日本海の魚か。身が締まってて美味しいだろうな」

「父…がいい寿司屋を知っているので、聞いておきます」

「いいね。お父さんのお勧めのお店で飲めるなんて」

次に帰るときは、もっと大人になれている気がする。

母と兄が会ってくれるかはわからないけれど、父とはきっと話ができるだろう。

そのためにも、近いうちに電話をしなくては。

何気なく伸ばされた理央の手を摑むと、彼が指を絡ませてくる。

手を繋いで歩くのも、恥ずかしくない。

理央は自分の恋人なのだから。

ようやくここで（仮）が外れた理央と新たな関係を築けることが愛《いと》おしく、伊吹は幸福感に満たされていく。

その伊吹の気持ちに気づいたのだろうか。

理央が不意に立ち止まり、何ごとかと彼を見上げて伊吹の唇を軽く啄《ついば》む。

それが嬉しくて破顔すると、理央は「やっと笑ったね」と言って、今度はもっと長いキスをしてきた。

# あとがき

こんにちは、和泉です。

このたびは『彼氏（仮）？』をお手にとってくださってありがとうございました。いつもとちょっと雰囲気の違うタイトルで、当初は「？」はついていなかったのですが、ないと仮タイトルと間違えられそうなので、いろいろ悩んでこうなりました。

今作の舞台は湘南のシェアオフィスです。シェアオフィスを題材にした作品は珍しいのではないかと思い、実際に入居している人の体験談を聞いたりオフィスを取材したりで、架空の空間を作ってみました。オフィスの雰囲気は運営者によって個性が出るそうで、いろいろなタイプのオフィスがあるそうです。もしかしたら似たような場所もあるかもしれないですが、『シェアオフィス湘南』には具体的なモデルはありません。また、舞台そのものもぼかして、特に都市名はなく湘南としてあります。伊吹が住んでいる楓が谷も架空の地名です。

伊吹と理央の二人は、面倒見のいい先輩とそれになかなか心を開けない後輩みたいな関係を書きたいなあ、というところから生まれました。理央のようなおおらかな攻はなかなか書かないので、皆さんがどんな感想をお持ちになるのかちょっと心配です。伊吹は少し卑屈度が高いかもしれないのですが、そこも彼の個性かなと思っています。

Ｗｅｂ関係の仕事については友達にいろいろ聞いてみたものの、最終的にはやり方は人それぞれと言われたので、その過酷な体験談に自分なりにアレンジを加えました。ちなみにデータが吹っ飛んだのは、ほかでもなく私の体験談です（笑）。今年はかなりパソコンが不安定で、バックアップの大事さを痛感してばかりです……。

今作のイラストは、のあ子先生に描いていただきました。たまたまネットサーフィンをしているときにのあ子先生のサイトを拝見して、すごく透明感のある繊細なイラストに一目惚れしてしまいました。こうして初めてイラストを担当していただけることになり、どんな題材にしようかと楽しみつつ執筆しました。美しいイラストをありがとうございました！　次作でも、どうかよろしくお願いいたします。

いつも萌え話につき合ってくださる担当のＯさん、編集部及び関係者の皆様にも心より御礼申し上げます。

そしてこの本をお手にとってくださった読者の皆様、本当にありがとうございました。

また次の本でお目にかかれますように。

和泉　桂

✦初出　彼氏（仮）？……………書き下ろし
出典「新訳　ハムレット」シェイクスピア著・河合祥一郎訳（角川文庫）

和泉桂先生、のあ子先生へのお便り、本作品に関するご意見、ご感想などは
〒151-0051 東京都渋谷区千駄ヶ谷 4-9-7
幻冬舎コミックス　ルチル文庫「彼氏(仮)？」係まで。

幻冬舎ルチル文庫

彼《かれ》氏《し》(仮)《かっこかり》？

2014年8月20日　　第1刷発行

| | |
|---|---|
| ✦著者 | 和泉 桂　いずみ かつら |
| ✦発行人 | 伊藤嘉彦 |
| ✦発行元 | 株式会社 幻冬舎コミックス<br>〒151-0051 東京都渋谷区千駄ヶ谷 4-9-7<br>電話 03(5411)6431［編集］ |
| ✦発売元 | 株式会社 幻冬舎<br>〒151-0051 東京都渋谷区千駄ヶ谷 4-9-7<br>電話 03(5411)6222［営業］<br>振替 00120-8-767643 |
| ✦印刷・製本所 | 中央精版印刷株式会社 |

✦検印廃止


ISBN978-4-344-83203-9　C0193　Printed in Japan

衡山忍はイケメンでモテそうな外見に反して、趣味が読書で静謐を好むため恋人はいない。しかし、幼馴染みが結婚することで「結婚」に興味を覚えた忍は、一週間の「花嫁」レンタルサービスを申し込む。好みの花嫁を選んだ忍のもとにやってきた桃川侑はなぜか「男」!? 困惑しながらも侑と新婚生活を送ることにした忍。次第に二人は惹かれあい……。
［花嫁さん、お貸しします］
和泉 桂
イラスト
神田 猫
本体価格600円＋税